Traudi Schlitt

Läuft!

Neues von der Alltagsfront

50 Kolumnen aus dem Leben

Bibliographische Information der Deutschen Nationalbibliothek

Die Deutsche Nationalbibliothek verzeichnet diese Publikation in der Deutschen Nationalbibliographie, detaillierte bibliographische Daten sind im Internet über http://dnb.d-nb.de abrufbar.

1. Auflage: November 2017

Umschlaggestaltung: Maike Lindner Mediendesign / Denise Olbert, Mannheim

© 2017
Herstellung und Verlag: BoD – Books on Demand, Norderstedt.
ISBN: 9783746014258

Für alle, die im Alltag das eine, das klitzekleine,
das wunderbare Fünkchen Magie entdecken.

Haltet es fest!

Vorwort!

„Läuft!" – So heißt mein neues Buch, entstanden aus den Kolumnen der letzten beiden Jahre, entstanden im und aus dem Wahnsinn des Alltags. Dieses Vorwort beispielsweise schrieb ich in den Herbstferien 2017, während einer meiner Söhne seine Übungs-CD für das Luther-Musical im Wohnzimmer abspielte, wo sich auch mein Büro befindet – mittendrin, also ohne Türen, wenn Sie wissen, was ich meine. Währenddessen rief meine Schwiegermutter nach Hilfe beim Wegräumen ihrer Getränkekisten und ein anderer Sohn fragte bereits nach Mittagessen. Der Hund verteilte ein wenig Waldboden auf dem ohnehin nicht geputzten Dielenboden, und ein Kunde rief durch mit Änderungswünschen für einen Pressetext, während ein weiteres Kind sich nach einer kleinen Hand-OP noch ein bisschen bemuttern lassen wollte.

„Läuft!" war also ein naheliegender Titel, auch wenn dieser Ausspruch oft genug das Gegenteil bedeutet, aber trotzdem von seiner Grundhaltung her den Alltagswahnsinn, dem ich mich immer noch mit Leidenschaft widme, ganz wunderbar wiedergibt. Und das mit nur einem Wort: „Läuft!" Meine Oma erzählte immer eine Geschichte vom Kriegsende, als ein unverdrossener Nazi angesichts der schon vom Nachbarort herannahenden Amerikaner der Heubacher Dorfbevölkerung versicherte, „die Lage war noch nie so günstig". Auch dieses geflügelte Wort aus meiner Heimat trägt das heutige „Läuft!" bereits in sich, auch wenn ich inständig hoffe, dass die Lage heute vielleicht doch noch ein wenig günstiger werden könnte, als sie ist. So gesamtgesellschaftlich, meine ich.

Ansonsten ist auch nach sieben kolumnenreichen Jahren, nunmehr drei Büchern und vielen Begegnungen ziemlich viel beim Alten und bei den Alten geblieben, was ja in einem gewissen Zustand ganz begrüßenswert ist. Noch immer macht es mir jede Menge Spaß, den täglichen unwichtigen und weniger unwichtigen Dingen nachzuspüren, ein wenig zu schimpfen, zu verzweifeln, den Kopf zu schütteln und ganz viel zu lachen. Am liebsten natürlich mit meinen Leserinnen und Lesern, die mich immer wieder inspirieren und mit ihren Kommentaren und Besuchen meiner Lesungen ermuntern weiterzumachen. Vielen Dank dafür!

Wie immer habe ich versucht, meine Kolumnen für das Buch in kleinen Päckchen zu sortieren, was mir dieses Mal außerordentlich schwerfiel. Wo ordnet man die Texte der Rubrik „Männer" unter, wenn sich überhaupt nur sehr wenige dafür eignen? Texte, meine ich. Mit einiger Überraschung stellte ich fest, dass die unter dem Stichwort „Wahnsinn" gut aufgehoben wären, wo sich nach der ersten Zuordnungsrunde auch fast alle anderen Texte fanden, weshalb diese Rubrik auf einmal sehr voll war und nochmal durchforstet werden musste. Das Zuordnungskarussell drehte sich von neuem, rotierte zwischen den unvermeidlichen „Jahreszeiten" und der Frage „Geht das nur mir so?", wobei besonders die Übergänge zwischen den Kapiteln „So hot", „Frauen" und „Lästereien" fließend sind.

Am besten schauen Sie einfach selbst, wo sich ihre Lieblingskolumne versteckt hat. Ich wünsche Ihnen dabei so viel Spaß, wie ich ihn beim Schreiben hatte. Und weil ich weiß, dass die meisten Leserinnen und Leser dieses Buches irgendwo zwischen Alsfeld und Heubach wohnen, erlaube ich mir zum Schluss einen ganz optimistischen Gruß an Sie: Wir sehen uns!

Ihre Traudi Schlitt

INHALTSVERZEICHNIS

FRAUEN

SO HOT!

TRAUDI SPEZIAL (oder geht das nur mir so?)

(Fast alle) JAHRESZEITEN

BBQ

Früher haben wir einfach gegrillt. Zum Abendessen. Weil Sommer war. Da wurde der Grill, ein kleines, ausgebeultes rundes Holzkohleding, rausgeholt, Würstchen drauf, Brot drauf, Senf, fertig. Ein gemütliches Abendessen im Sommer, einfach so.

Ich weiß nicht, wann das Grillen von Bratwürstchen anfing zum BBQ zu werden. Zum Event. Zum Wenn-der-Tisch-sich-nicht-biegt-dann-ist-es-nix! Wahrscheinlich sagte irgendwann ein Nachbar zum anderen: „Wollen wir heute Abend nicht mal den Grill anschmeißen?" Und der Nachbar antwortete „Mir passt es heute nicht, was hältst du vom Wochenende?" In der Zwischenzeit traf er vielleicht noch jemanden, dem er davon erzählte und der gerne dabei gewesen wäre, und die erste Person meinte, wenn auf einmal so viele kämen, könnte ja vielleicht jeder etwas mitbringen. Einen Kartoffelsalat vielleicht. Der Einladung, die eigentlich keine war, folgte die Gegeneinladung. Da sollte es dann schon mal etwas anderes sein als beim ersten Mal. Das war die Geburtsstunde des Nudelsalats. Und immer nur Würstchen? Man hatte auch Fleisch im Frost. Aber wie kommt das Öl ans Fleisch? Richtig, mit Marinade – der Anfang von Metzgertheken, in denen man unter tausend verschiedenen Fleischsorten mit tausend verschiedenen Marinaden wählen kann. Aber das machen ja nur die Ahnungslosen! Die Profis rühren ihre Marinaden selbst an – mit erlesenen Gewürzen und Ölen und Rubs. Letzteres, für die faulen Fertigfleisch-Verwender unter uns, sind „Trockengewürze zum Einmassieren". Sie sollen mit der Marinade zusammen eine leckere Kruste auf dem Fleisch bilden, wie ich auf der Website „grillsportverein.de" gelesen habe.

Ehrlich, und was man da und sonstwo alles findet! Wie kann man nur glauben, dass man heutzutage einfach so den Grill anmachen kann! Aber nochmal zurück!

Bald wurde das mit den Kartoffel- und Nudelsalaten auch langweilig. Wir erfanden den Tortellini-Salat, den Reissalat, später übernahmen wir von den Italienern Tomate-Mozzarella, aus dem Tütensuppenregal den Yum-Yum-Salat oder den ebenso köstlichen wie ein wenig perversen Taco-Salat. Die Grillsaucen-Industrie lief und läuft immer noch zu Hochtouren auf – Ketchup, pah, das ist doch was für ahnungslose Allesfresser! Wir nehmen natürlich nur BBQ-Saucen aus dem Mutterland des Grillens, wahlweise Spicy and Smokey, Smooth and Smokey oder Rich and Smokey. Was da drin ist? Keine Ahnung, irgendwas mit Rauch halt. Wir können auch Japanese Sticky Grill Sauce, Longhorn Bacon Style oder Mexican Chipotle nehmen. Und Senf? Sie wissen schon, den guten alten Thomy-Senf aus der blauen Tube? Ich bitte Sie! Wir verwenden natürlich nur noch Honigsenf, am besten American Mustard New York Deli Style Honey. Wenn schon, denn schon, dabei ist das alles nur die zweite Wahl. Der Kenner macht natürlich alles selbst. Und wenn ich sage, der Kenner, dann meine ich auch den Kenner. Grillen ist – abgesehen vom Einladen, Einkaufen, Salatemachen, Tischdecken, Getränkekühlen, Antipastivorbereiten, Brotschneiden, Tischaufräumen, Geschirrmachen, Müllwegbringen – eine Männerwelt, ganz bestimmt. Da gibt es ja auch so viel zu wissen und richtig zu machen, das kann man einer Frau gar nicht alles zumuten! Und deshalb gibt es jetzt auch so viele Kurse für richtiges Grillen. Ja, für RICHTIGES Grillen: Die Grillakademien (!) bieten so schöne Kurse an wie den „Schlemmer-Grill-Kurs", „Beef Party", „Burger Grillen", „Meat Special", „American BBQ" oder auch immer mehr „Low Carb Grillen" und natürlich „Vegan und lecker". Also, ich finde, zumindest die ersten drei Basic-Kurse sollte man vom Gastgeber einfordern, wenn man irgendwo zum Grillen eingeladen ist.

Auch worauf man grillt, ist immer eine Philosophie für sich: Feststeht, der kleine verbeulte Grill vom Anfang der Geschichte ist Geschichte: Es gibt sie natürlich noch, die Holzkohlegrills, aber nicht einfach so: Rundgrill, Tischgrill, Kugelgrill, Smoker, sogar einen Dutch Oven – und das sind nur die, die ich auf die Schnelle gefunden habe. Daneben gibt es nämlich auch noch Holzpelletgrills, Gasgrills, Elektrogrills, Holzbacköfen, Feuerstellen – alles. Da ist selbstverständlich auch die Auswahl an Holzkohlen und Grillpellets genau zu überdenken und Gegenstand verschiedener Diskussionsforen und Themenabende! Und natürlich kann man – ganz gleich, für was man sich entscheidet, da nicht mit einer popeligen Grillzange arbeiten, klar, ne! Da braucht man Zubehör! Mann vor allen Dingen! In einem hiesigen Fachgeschäft gingen mir die Augen auf: Grillpfännchen mit

Bambusschaber, Grillfön, Bluetooth-Grillthermometer, höhen-verstellbarer BBQ-Organizer – mein Gott, wir haben vorgestern noch ohne all das gegrillt! Wie konnten wir nur!

Wir konnten. Natürlich mit etwas mehr Aufwand als früher, mit selbstgemachter Aioli und Ofenkartoffeln, mit ein wenig Tomatenbutter und verschieden eingelegten Steaks und Würstchen. Mit Honig-Senf-Soße und Sweet Chili. Aber manchmal, manchmal, wenn abends so der kleine Hunger kommt, dann gibt's 'ne Wurst auf den Rost, ein Brot dazu, Senf, fertig.

Nachtrag: Kaum hatte ich diese Kolumne fertig, war ich zu einem leckeren Grillen eingeladen. Pulled Pork, mariniert mit Rubs, gegrillt auf Buchenpellets, dazu selbstgemachte South Carolina Mustard Sauce, deren Rezept ich mir gleich mal notiert habe. Lecker! Vielleicht sollte ich doch mal über eine Mitgliedschaft im Grillsportverein nachdenken. Wenn die sich dann hoffentlich mal für Frauen öffnen!

On the road again (Urlaub 2016)

Wenn Sie diese Zeilen lesen, werde ich schon fort sein. Während Sie vermutlich am heimischen Frühstückstisch in der OZ blättern oder unter schattigen Palmen vielleicht im E-Paper stöbern, sitze ich hoffentlich wieder bei einem kleinen Kaffee in einem netten Straßencafé auf dem Montmartre. Mit dabei: ein kleiner Teil meiner vielköpfigen Familie, den ich dann mit ein wenig Glück durch alle Gates und Metro-Stationen sicher bis in die Stadt der Liebe geschafft haben werde, in der Hoffnung, dass wir am Sonntagabend wieder alle wohlbehalten in Frankfurt landen.

Letzten Samstag saßen wir noch in anderer Besetzung in Holland beim Frühstück, zwischendurch brach einer von uns in Richtung Chiemsee auf – kurz gesagt: Wir sind schwer unterwegs. Und nicht nur wir: Wohin man schaut und hört, ein Kommen und Gehen, ein Wegfahren und Ankommen. Deutschland hat Ferien. Aber Deutschland ruht nicht, zumindest nicht, wenn wir der Maßstab dafür sind. Wir packen ein und aus, dazwischen einmal waschen, trocknen und bügeln, und schon geht es wieder auf die Piste. Schließlich ist der Urlaub kurz (besonders wenn man kein Lehrerehepaar ist), da muss man sich schon mal sputen.

Glaubt man den vielen Umfragen zum Thema Urlaub, so geht es den Menschen um Erholung. Kann das sein? Ist man deshalb permanent unterwegs? Gesten noch in Holland, heute auf dem Stadtfest und morgen in Paris? Das sind zwar alles keine Riesenentfernungen, aber irgendwie schlaucht es doch, finde ich, wenn man mal eben 500 km in die eine, dann in die andere Richtung fährt, immer ein paar Schutzbefohlende im Windschatten, immer auf fremden Autobahnen, Flughäfen oder Bahnhöfen und ständig zielgerichtet: Kulturen entdecken, Neues lernen, Horizonte erweitern. Schneller, höher, weiter, auch im Urlaub. Chillen war gestern.

Freunde von uns waren mal eben zu zweit in Los Angeles und kurz danach schon wieder mit der ganzen Familie an der Ostsee – es muss ja alles in die Ferien passen. Wollte man früher, also wirklich früher, von hier nach Los Angeles, dann war man lange, sehr lange unterwegs. Man fuhr mit der Eisenbahn an einen Hafen, weiter mit dem Schiff in den Osten der USA und dann wieder mit der

Eisenbahn oder vielleicht auch schon mit dem Bus in den Westen. Das dauerte so lange, dass niemand sich jemals überlegt hätte, im selben Jahr noch woanders hinzufahren, geschweige denn nur ein paar Tage dort zu bleiben. Wenn ich es mir recht überlege, war das nicht die schlechteste Art zu reisen, und wenn man dann ankam und Glück hatte, war die Seele auch schon da...

Und heute? Heute sammeln viele von uns Miles and More, jetten viele Male im Jahr – zumindest kilometermäßig um den Erdball – und schaffen es dabei nicht selten, ihren Horizont kein bisschen zu erweitern. Weil sie nämlich nur abfahren und ankommen, aber nicht reisen. Und weil der Weg schon längst nicht mehr das Ziel ist. Was eigentlich schade ist. Und was offenbar auch einige Touristen – zumindest diejenigen mit wahnsinnig viel Zeit – auch schon eingesehen haben. Nicht umsonst kann man heute auch per Frachtschiff über die Weltmeere reisen, oder, wenn man sicher sein will, dass es ganz besonders langsam geht, mit dem Postschiff. Da braucht man dann aber ganz viel Zeit.

Uns hingegen ist die achtstündige Bahnfahrt nach Holland schon zu lange, ebenso wie die fünfstündige Zugfahrt nach Paris, zumal die Flugtickets nur unwesentlich teurer sind. Also schnell weg sein, schnell wieder da sein! Und in der kurzen Zwischenzeit auf einen ruhigen Moment hoffen - vielleicht auf der Flughafentoilette oder so. Mit viel Glück vielleicht bei einem kleinen Kaffee auf dem Montmartre.

Sieht so aus, als ob langsam reisen derzeit noch nichts für mich ist, obwohl ich heimlich davon träume. Sehr heimlich. Und sehr intensiv. Denn wie sagt ein mir bis vor kurzem noch völlig unbekanntes Sprichwort so schön? „Die Schildkröte kann mehr über den Weg erzählen als der Hase."

URLAUBS-ICH (Urlaub 2016)

Na, alles ausgepackt, gewaschen, gebügelt und weggeräumt?! Die Ferien sind vorbei, der Alltag kehrt wieder ein und mit ihm das altbekannte Alltags-Ich, das wir im Urlaub hinter uns gelassen hatten. Wenn wir Glück hatten. Ich zumindest will im Urlaub immer gerne jemand anders sein. Auf gar keinen Fall eine Touristin. Sie etwa? Am liebsten wäre ich dann, je nachdem, wo ich gerade bin, in diesem Jahr Holländerin oder Französin gewesen. Und Holland und Frankreich bieten sich dazu ja auf den ersten Blick an, weil wir ja gar nicht so verschieden sind. Denkt man.

Allerdings fragen wir uns in Holland jedes Mal vom ersten Tag an, warum offenbar alle Menschen so gut gelaunt und freundlich sind. Kaum jemand in irgendeinem Laden oder Lokal, der nicht noch ein freundliches Wort für einen übrighätte und einen mit blitzblanken Zähnen anstrahlt. Egal, wo man ist, man fühlt sich gleich irgendwie mittendrin. Fragt sich: Was macht die Holländer so gechillt? Die können doch nicht flächendecken und permanent bekifft sein – obwohl sie ja dürften! Sind sich auch nicht. Sie sind einfach irgendwie entspannter. Und das, obwohl ihr kleines Land ständig vom Wasser bedroht ist. Oder vielleicht genau deshalb. Sie genießen den Augenblick. Sie essen köstliche Sachen wie Dubbelvla und Krabsalade, trinken komisches Bier wie Amstel und Heineken und sitzen bei Wind und Wetter draußen. Weil sie wissen, dass sie es sich nicht leisten können, auf noch schöneres Wetter zu warten, das kommt oder nicht. Und dass man bei meist durchwachsenem Wetter auch schön braun wird, wenn man nur oft genug unter der Sonne oder unter den Wolken am Meer oder im Straßencafé sitzt, das sieht man auch: Holländer sehen immer so aus, als kämen sie gerade frisch aus dem Urlaub, mindestens aus der Karibik. Und sie machen den Eindruck, als fühlten sie sich auch so. Also: Von den Holländern lernen heißt chillen lernen.

Und das tun sie auch schon auf ihren Verkehrsschildern kund: Meine Freundin wohnt in einem kleinen, engen Dorf. Was ja in Holland ganz normal ist. Klein und eng, meine ich. Den Ortseingang ziert ein Schild, darauf eine Schnecke und der Hinweis: „Dit dorp is niet gebouwd voor snelverkeer" Ist das nicht süß? Sagen Sie sich das doch mal laut auf! Holländisch ist, finde ich, eine der goldigsten Sprachen der Welt, und wenn ich nicht ständig unter Zeitdruck stünde, hätte ich es schon längst gelernt. Für den Anfang beschränke ich mich mal auf Verkehrsschilder: „scheve bomen" und „slechte wegdek" raten weiterhin zum Langsamfahren, was in Holland, dem Land der Entschleunigung, ohnehin nicht anders geht. Selbst die Hühner haben hier Vorrang: „Opgelet! Overstekende Kippen" verbietet nicht etwa das Anzünden von Zigaretten, sondern schützt das Federvieh (Achtung! Hühner kreuzen!). Damit ich dieses wunderbare Holland-Gefühl auch zuhause genießen kann, nehme ich mir immer alle möglichen Fressalien mit. Und was passiert: Daheim am Alltags-Esstisch schmeckt das ganze Zeug nur halb so gut! Gut, dass ich für das länger anhaltende Hollandgefühl dann doch was Besonderes mitgebracht habe. Nicht, was Sie denken. Ich bin in Bezug auf Rauschmittel sehr einfach gestrickt. Mir reichen dann schon ein Kettchen, ein Röckchen und ein paar Stiefelchen! Die halten echt lange und man fühlt sich direkt heel Nederlands!

Sprachlich gesehen bin ich allerdings bei den Franzosen viel besser aufgehoben. Wir verstehen uns einfach gut! Und diese Nonchalance in den Straßencafés beherrsche ich auch Eins A! Hinsetzen, Weinchen bestellen, Leute anschauen. Am besten natürlich, man kauft sich noch eine französische Zeitung und tut so, als würde man jedes Wort verstehen. Das sieht dann auch noch intelligent aus! Was mir aber bei aller Frankophilie ein ewiges Rätsel bleiben wird, ist wie die Pariserinnen komplette Tage in Pumps und immer frisch gestylt überstehen. Die rennen doch genauso durch die Métro wie die Touris. Und während bei mir trotz übelster Gesundheitsschuhe nach nur drei Tagen an beiden Füßen jeweils vier Pflaster klebten, blieben die Französinnen auch dieses Mal wieder so elegant wie eh und je. Sie haben es einfach, das gewisse Je-ne-sais-quoi. Und was das ist, weiß ich leider auch nicht... Ich muss da, glaube ich, noch mal hin!

Omstijling oder Dolceavareniente (Urlaub 2017)

Im Urlaub ist alles leichter: Die paar Klamotten, die in einen Sommerkoffer passen, reichen locker für eine oder zwei Wochen, ohne dass der Kleiderschrank zuhause sich nennenswert geleert hätte – ein erster Hinweis darauf, mit wie wenig man eigentlich auskommen kann. Eigentlich auskommen könnte. Wenn man wollte. Und die Ausstattung des Ferienhauses für sechs Personen ist zwar knapp kalkuliert, aber irgendwie kommt man auch damit zurecht. Da werden eben einfach mal die Suppenteller zu Obstschälchen, die Bier-Gläser zu Aperol-Schwenkern, die Zitronenpresse zur Kaffeeaufbewahrung. Alles kein Problem. Wenig haben kann sooo schön sein! Und schnell reift der Wunsch in einem, dass man die restlichen verbliebenen Urlaubstage zuhause mit einer großen Aufräumaktion beschließt. Schließlich ist Minimalismus das neue Reichsein! Weg mit allem überflüssigen Plunder, mit den tausend Thermoskannen, den Tortenplatten, den Kunststoffblumen und Dekoschalen, den niegetragenen Klamotten und Fehlkäufen, den acht verschiedenen Kruschkisten mit allem, was man irgendwann einmal brauchen könnte, weg mit allem, was die freie Sicht stört. Schließlich besagt eine japanische Weisheit, dass es in unserem Inneren so aussieht wie in unserer Wohnung. O Gott!

Unter südlicher oder nördlicher Sonne träumt es sich bei viel Zeit und dem einen oder anderen Aperol gut von leeren Regalen, gelüfteten Kleiderschränken und minimaler Deko, und lässt man sich darauf ein, fühlt man sich fast so, als sei alles schon geschehen. Man schließt, also ich schließe die Augen und weiß: Natürlich wird man dann in diesem frischaufgeräumten Less-is-more-Paradies Platz finden für das schöne italienische Geschirr, das man zur Verlängerung des mediterranen Glücksgefühls mit nachhause bringt, genauso wie sich im Kleiderschrank ein Eckchen für die holländische Hippie-Jeans findet und das südländische Strandkleid, ohne die man auf keinen Fall aus dem Urlaub zurückkommen konnte, ebenso wenig wie man die neuesten nordischen Deko-Trends einfach so vor Ort zurücklassen konnte, nicht mal im holländischen IKEA. Schließlich gehört zum neuen leichten Lebensgefühlt auch ein wenig Omstijling – ein holländisches Wort, das ich mir selbst ausgedacht habe und das mich begleitete durch die schöne Welt der Dekoläden und Klamotten-Ausverkäufe, die immer, IMMER, wenn ich vor Ort bin, gerade auf Hochtouren laufen.

Das Elend beginnt mit der Heimreise: Die letzten Ecken im ohnehin schon vollen Kofferraum sind restlos belegt, das Ein- und Auspacken dauert ewig und zu dem unheiligen Sammelsurium aus sauberer Wäsche und Dreckwäsche, aus Spielzeug, Schuhen und übriggebliebenen Lebensmitteln gesellen sich nun die vielen Päckchen und Tüten aus den einschlägigen Geschäften, die – mit jedem Kilometer in Richtung Heimat – ein wenig von ihrem Glanz verlieren, noch bevor ihr Preis vom Kreditkartenkonto abgebucht ist! Hätte man sie wirklich gebraucht, die zwölf bunten Teller, für die man eigentlich keinen Platz im Schrank hat, weil das mit dem Aufräumen und Ausmisten irgendwie doch nicht gleich starten kann, oder sollte man sie, wie ein Mitreisender vorschlug, direkt beim nächsten Polterabend wieder loswerden? Und sieht die Hippie-Hose auf dem Alsfelder Marktplatz eigentlich immer noch genauso gut aus wie auf einem belebten, in spezifische Duftwolken gehüllten Straßenzug in Amsterdam? Und wieso hat man eigentlich in der kleinen, schummrigen Umkleidekabine am Comer See nicht gesehen, dass das Sommerkleidchen in der Tat – und wie von einem pubertierenden Reisegefährten noch vor Ort diagnostiziert – an die Balkontischdecke erinnert? Wohin mit der Deko, die sich vielleicht in einem Wohnmagazin auf einem Bild gutgemacht hätte, in einem Fünf-Personen-plus-Hund-Haushalt aber dann doch ein kleines bisschen zu filigran ist? Ab damit in die geheimen Ecken des Hauses, die auch vorher schon überquollen und sich über ein bisschen mehr Aufmerksamkeit in Richtung mehr Leichtigkeit gefreut hätten. Aber leider, leider ist die Luft raus, das Omstijling muss warten, das Dolceavereniente auch. Wenigstens der Tatendrang folgt dem neuen Gesetz des Minimalismus! Die alten Klamotten müssen sich mit der Hippie-Jeans anfreunden und für das neue Geschirr ist mit ein wenig Umräumen – nicht Ausräumen – auch noch ein Plätzchen gefunden.

Puuh, grade noch mal gutgegangen! Wollen wir hoffen, dass der nächste Aufräumflash auch so ungeschoren vorbeigeht!

Rouladenzeit

Für die meisten von uns sind ja so der Frühling und der Sommer die Top-Jahreszeiten. Allerdings, ich muss es so deutlich sagen, Sommerfan sein ist in etwa so langweilig und einfach wie FC-Bayern-Fan sein. (Das muss einfach manchmal sein!) Denn auch wenn die Sonnenstunden in den hiesigen Breiten nicht ganz so sicher sind wie die Meisterschaft der Bayern, ist es doch leicht, für den Strahlenden zu sein, für den, der per se alles richtig macht. Aber nun ist ja Herbst, und das ist auch – rein thematisch gesehen - ein echtes Problem: Schon als ich meine Kolumnen für mein erstes Buch zusammengestellt habe, fand ich mit Ach und Krach gerade mal zwei Herbsttexte. In diesem Jahr hatte ich nun gar keine mehr und habe die Jahreszeit, die so gar nichts Besonderes an sich hat, ganz aus meinem zweiten Buch gestrichen. Nicht mal irgendwelche Feiertage finden hier statt, außer dem 3. Oktober, dem Todestag von Franz Josef Strauß. Nachdem der Buß- und Bettag, an dem wir stets ins benachbarte Bad Brückenau zum Shoppen (damals noch Einkaufen – ein echtes Highlight in der Rhöner Herbst-Tristesse!) fuhren, gestrichen wurde, sieht es echt traurig aus. In diesem Sinn laden Volkstrauertag und Totensonntag zum gemütlichen Beisammensein. Das war's dann auch.

War's das wirklich? Natürlich nicht! Denn endlich, endlich ist sie wieder da, die Zeit für Rouladen mit Rosenkohl, für Steckrüben mit Kartoffelbrei (bei uns zuhause wurden – Achtung, jetzt wird's eklig! - sogar Schweinefüße darin gekocht), für Bohnen mit Kartoffelwurst, für Sonntagsbraten mit Klößen. Nix mit „vielleicht ein wenig Hähnchenbrust und einen kleinen Salat", weil man im Sommer ja nicht gern so schwer und warm isst. Sondern herbei mit den Kohlehydraten und Nahrungsfetten – jetzt heißt es, sich ein kleines Winterpölsterchen zulegen, denn in dieser kalten Jahreszeit brauchen wir einfach etwas mehr Energie, um uns und unseren Körper auf Betriebstemperatur zu halten. Da ist so eine kleine Gänsekeule schnell weggeatmet! Und natürlich brauchen wir auch Schokolade – schließlich muss der Glücksbotenstoff, das Serotonin, bei akutem Lichtmangel anderweitig herbei. Aber auch, wenn man nicht gezielt auf ein paar Pfund mehr hinarbeitet, nimmt man sie vielleicht doch vorübergehend mal in Kauf, denn nichts ist im Herbst und im Winter so schön und behaglich wie der Genuss der köstlichen heißen Mahlzeiten aus den Öfen und Schmortöpfen. Was wiederum für die Rinder, Gänse und Enten der Region nur so mittel sein dürfte.

Aber nicht nur kulinarisch, nein auch optisch hat uns der Herbst so einiges zu bieten. Gerade die letzten Tage waren ja der reinste Farbenrausch! Rottöne aller Art, Gelb, Braun, dazu dieser einmalig blaue, klare Himmel – also, ich konnte mich kaum satt sehen daran, wenn ich so unterwegs war, auch wenn oder gerade weil die Luft schon so kalt ist. Hat es nicht etwas ganz besonders Magisches, wenn die Nebel aufkommen und die Landschaft weichzeichnen, ein Naturschauspiel der besonderen Art, genauso wie ein herbstlicher Sonnenaufgang in einem Licht, das der Sommer an keinem einzigen Tag so warm hinbekommt! Ich habe eine Freundin, die mag den Herbst am liebsten. Im November. Dann wenn alle anderen ihre Tageslichtleuchten anschließen, um nicht der Herbstdepression zu verfallen, blüht sie auf. Mummelt sich ein und genießt die kalte Luft, die einen klaren Kopf macht – selbst wenn es rundherum düster ist. Vielleicht grade dann. Das Schöne an dieser Jahreszeit ist ja außerdem, dass die kurze Zeitspanne zwischen „Im Sommer ist es zu warm, um all das zu tun, wozu es im Winter zu kalt ist" jetzt, im November, definitiv schon wieder vorbei ist. Zu kalt also, um irgendetwas zu tun. Es sei denn, es hat mit Rouladen zu tun. Und Rotkraut und Bratäpfeln. Und heißem Apfelwein oder gar dem ersten Glühwein.

Diese Zeit jetzt ist wie gemacht für einen Moment der Seelenruhe. Denn spätestens ab Dezember ist es damit vorbei. Aber das ist ein anderes Thema.

Advent, profan

Böse Zungen behaupten ja, dass ein Paar dann heiratet, wenn so nach der ersten Verliebtheit die Luft raus ist. Die ersten gemeinsamen Reisen sind gemacht, die erste Wohnung bezogen, die Spannung fällt. Und damit wieder ein bisschen Action in den tristen Alltag kommt, plant man dann seine Hochzeit. Einmal mit allem bitte, sodass man auch mit der Nachbereitung noch eine ganze Weile beschäftigt ist. Vorher, nachher oder gleichzeitig wird meistens noch gebaut, und wenn die Eventplanung richtig gut funktioniert, kommt auch bald ein Kind. Oder zwei. Oder mehr.

Nun kann man davon ausgehen, dass die Langeweile erstmal eine ganze Zeit lang vorbei ist. Irgendwann allerdings, wenn man das Gefühl hat, die Kinder seien aus dem Gröbsten raus – man kann ja nicht ahnen, dass nach dem Gröbsten das Allergröbste, Pubertät genannt, folgt –, beginnt man wieder, so ein bisschen unruhig zu werden. Da könnte doch noch was gehen, oder? Zu dieser Zeit beginnen Paare gerne mit einer gemeinsamen Sportart, etwa Fahrradfahren oder Tanzen. Die etwas Fauleren unter uns haben es da schon schwerer. Sie könnten Vorstände in irgendeinem Verein werden oder Elternbeirat oder beides. In jedem Fall hilft es, wenn man sich ein Haustier anschafft, vielleicht einen Hund. Ein Hund bietet wegen der Notwendigkeit des Gassigehens, Bürstens und Tierarztbesuchens auch jede Menge Anknüpfungspunkte für Kommunikation innerhalb der Familie. Er bietet die Möglichkeit zu gemeinsamen Spaziergängen und zum einsamen Abseilen. Ein Hund ist – auch was den Schmutzfaktor angeht – ein perfektes Familienmitglied. An das man sich dann doch recht schnell wieder gewöhnt. Und schon klopft erneut die Langeweile an.

Man sieht sich um und stellt fest, dass es vielleicht doch so ein bisschen eng geworden ist im Haus, etwa weil man sich seinerzeit bei der prognostizierten Kinderzahl geringfügig verschätzt hatte oder weil die Sprösslinge plötzlich und unerwartet an der Zwei-Meter-Grenze kratzen und im Bad auf einmal Platz für ihre Rasierapparate, Deos und Pickelcremes beanspruchen. Dann hilft nur noch eins: Anbauen. Man selbst hatte ohnehin schon über die eine oder andere Renovierungsmaßnahme nachgedacht, warum also nicht aus dem Vollen schöpfen und gleich mal den Architekten des Vertrauens bemühen?!

Wie ich gerade jetzt auf dieses Thema komme, fragen Sie? Ich verrate es Ihnen: Vor wenigen Tagen hat der Advent begonnen. Adventszeit bedeutet, dass man auf die Ankunft wartet, und sie ist eine Zeit voll leiser Spannung und Aufregung, eine schöne Zeit, wie wir alle wissen. So gesehen hatten wir es das ganze Jahr über spannend und aufregend, denn wir verbrachten viele Tage und Wochen in Adventsstimmung, wartenderweise also, allerdings nicht immer in leiser Vorfreude: Pünktlich mit dem ersten Sonnenstrahl des Sommers rissen wir unseren Balkon ab und brachen auf zu neuen Ufern, unser Advent begann: Zuerst warteten wir auf gute Ideen, dann auf Geld, dann auf Kompromisse, schließlich auf die Handwerker, die uns zwischendurch immer mal wieder kleine, gechillte Verschnaufpausen gönnten und unserer Baustelle auch. Wir lernten die durchschnittlichen Zerfallszeiten von Terminplanungen kennen, während wir mal auf gutes Wetter, mal auf schlechtes Wetter warteten. Manchmal warteten wir auf Material und auf neue Einfälle, weil die alten sich als nur so mittel herausgestellt hatten. Und immer, wenn irgendetwas kam oder fertig wurde, bedeutete es, dass wir wieder auf etwas oder jemand anderen warten durften – eine herrliche Zeit, unser besonderer Advent, kann ich Ihnen sagen. Dazu ist jeder Tag am Bau wie das Türchen eines Adventskalenders: Man weiß nie, was er an Überraschungen bringt – nur dass er welche bringt, das ist klar!

Und nun, da fast alles fertig ist, hoffen wir, dass vielleicht die drei Heiligen Könige etwas verfrüht bei uns reinschneien und uns schnell noch Heizung, Treppe und Türen liefern (auf Myrrhe, Gold und Weihrauch würden wir verzichten). Schließlich ist jetzt ja nicht nur Advent, sondern auch die beste Zeit für kleine Wunder. Und die braucht man immer – besonders am Bau!

Gli-Gla-Glitzer (Weihnachten 2015)

Wenn man kurz vor Weihnachten eine Kolumne abgeben muss, hat man ja so den unbestimmten Drang, etwas Weihnachtliches zu schreiben. Das wäre jetzt schon zum sechsten Mal, und alljährlich stellt sich die Frage, ob mir wieder etwas halbwegs Neues einfällt. Denn an Weihnachten ist ja schon immer irgendwie viel dasselbe. Für uns zumindest. Vielleicht war früher mehr Lametta, wie hier und da schon vermutet wurde, aber ansonsten ist alles beim Alten: Ganz normal, dass langsam und vier Wochen lang ein ganzes Land hohldreht. Sowohl handwerkliche und industrielle Zwangsruhen von Mitte Dezember bis Mitte Januar werfen uns aus der Bahn - zumindest was unsere Baustelle angeht, die - ich weiß nicht, ob ich es schon mal erwähnt hatte - eigentlich schon in den Oktoberferien hätte fertig sein sollen, als auch die ansonsten allerorten stattfindende Konsumeskalation, in den Kaufhäusern und den Lebensmittelgeschäften. High Noon für Forellen, Gänse und Frankfurter Würstchen; Hamsterkäufe, wohin man schaut, gilt es in diesem Jahr doch tatsächlich, sich für drei, in Großbuchstaben DREI, ladengeschlossene Tage einzudecken. Dazu die vielen, vielen kleinen und großen Termine, die uns allen so geläufig sind, vom Glühweinabend auf dem Weihnachtsmarkt über die vielen Konzerte und Ausstellungen bis hin zu den lebenden Adventskalendern.

Ein lebender Adventskalendertermin fand in diesem Jahr vor unserem Asylbewerberheim statt. Die meisten Anwohner nahmen daran teil. Ich kenne sie kaum, weiß bei den meisten nicht, woher sie kommen, und fragte mich die ganze Zeit, ob sie wohl wussten, was wir hier taten. Die Organisatoren hatten sich extra viel Mühe gegeben und die Weihnachtsgeschichte mit Puppen nachgespielt. Sie versuchten, den Menschen des Asylbewerberheims zu erklären, warum wir Christen das Weihnachtsfest so feiern, wie wir es tun, was wir selbst, wenn wir ehrlich sind, ja auch nicht immer so genau wissen. Jedenfalls glaube ich, dass vieles von dem, was man heute so zu Weihnachten tut – zum Beispiel die unvermeidlichen Vorkommnisse auf Betriebsweihnachtsfeiern -, nur sehr bedingt biblischen Ursprungs ist. Da muss man schon reinsozialisiert werden, sonst geht da gar nichts...

Diejenigen unter den Asylbewerbern, die ein wenig Deutsch sprachen, sollten übersetzen, was dem ganzen Adventsgeschehen angesichts der Sprachenvielfalt, die selbst in unserem kleinen Asylbewerberheim herrscht, mehr so einen babylonischen Pfingstcharakter verlieh. Ich schaute mir die Menschen an, während wir „Kling, Glöckchen, klingeling" sangen, und fragte mich, wie sich diese Worte in ihrer Endlosschleife in ihren Ohren wohl anhören. Wahrscheinlich genauso fremd und merkwürdig wie uns beispielsweise arabische Gesänge anmuten. Und während ich mich so umschaute und die vielen Lichterketten an den umliegenden Häusern sah, hätte ich gerne gewusst, wie das alles wohl auf sie wirkt.

Besonders auf diejenigen Flüchtlinge, die jetzt gerade erst kommen. Denen muss es doch vorkommen, als kämen sie in ein Glitzerparadies, das sie sich in ihren kühnsten Träumen nicht vorgestellt hatten und das, obwohl so nah, leider doch außerhalb ihrer neuen Welt spielt. Sie können ja noch nicht wissen, dass, kaum ist der 1. Januar vorbei, die ganze Pracht wieder in die Kartons und die Keller oder auf die Dachböden kommt, bis sie nächstes Jahr wieder hervorgeholt wird. Und wer weiß, wie es ihnen bis zum nächsten Fest hier bei uns ergehen wird...

Als ich mal einen Weihnachtsbeitrag aus einem Asylbewerberheim machte, besuchte ich einen jungen Moslem in seinem Zimmer, und das hatte er mit einem kleinen Plastikbäumchen und einer Lichterkette festlich dekoriert. Es war wirklich eng in dem Zimmer, aber der junge Mann strahlte mit seinem Bäumchen um die Wette. Wahrscheinlich ist er damit jetzt nicht gerade zum Christentum übergetreten, aber anscheinend fand er es irgendwie heimelig und passend zu diesen Tagen. Was ja auch der Grund ist, warum wir es uns jetzt so gemütlich und romantisch machen. Und vielleicht gilt ja dann auch irgendwann die Anzahl an Lichterketten und Glitzeraccessoires zur Weihnachtszeit als ein Maß für gelungene Integration, wer weiß.

Lassen wir es glitzern! Schöne Weihnachten für Sie!

Weihnachten für Frauen und Männer

20.11.2016 (Sie sagt...)

So langsam wird es ja nun doch Weihnachten. Die ersten Geschenkideen könnten kommen! Kinder, Schwiegermutter, Eltern, Geschwister, Neffen und Nichten, Freunde, Kunden, Briefträger, Bo-Frost-Mann... Naja, da wird mir schon noch was einfallen. Ist ja noch ein bisschen. Jetzt geht es erstmal auf die erste Adventsausstellung! Wie schön! Mit Glühwein und Waffeln und jeder Menge neuer Weihnachtsideen! Hier diese schönen schwarzen Sterne, die würden sooooo gut an unsere Balkonfenster passen. Blöd, jetzt habe ich, bevor ich hierher gefahren bin, gar nicht mehr geschaut, was ich noch alles in meinen Kisten habe. Egal. Man kann ja auch mal eine neue Weihnachtsdeko haben. Obwohl, eigentlich wollte ich ja nix mehr.... Ach, was soll's, Weihnachten ist ja nur einmal im Jahr. Ich muss es ja auch nicht gleich aufhängen. Ist eh' noch ein bisschen früh.

20.11.2016 (Er sagt...)

So langsam wird es ja nun doch Weihnachten. Was geht mir dieses zuckersüße Gedudel und die blöde Werbung schon jetzt auf den Geist. Noch ist ja alles friedlich, aber mir schwant Übles. Heute ist sie zur ersten Adventsausstellung in diesem Jahr gefahren. Wer weiß, was sie von da wieder alles anschleppt. Dabei haben wir schon vier Kisten Zeug in der Abstellkammer. Alles nur ein einziger Konsum, sage ich Ihnen. Also, ich mache da nicht mit. Ehrlich nicht. Das ist mir echt too much. Und wenn sie gleich heimkommt, liegt erstmal ewig wieder das ganze Zeug hier rum, bis sie zum Aufhängen kommt. Das ist jedes Jahr so. Am besten, ich schaue erst gar nicht hin.

27.11.2016, 1. Advent (Sie sagt...)

Mann, Mann, schon der erste Advent. Und noch nix dekoriert und keine Plätzchen gebacken. Also, bis heute Abend muss sich da aber noch allerhand tun! Jetzt also erstmal ran an den Teig. Wenn mir die Kleinen nicht helfen würden, wäre ich zwar schneller, aber die wollen ja auch was machen. Gut, dass der Hund immer den runtergefallenen Teig auffrisst, dann tritt der sich gar nicht erst fest. Ach, du Schreck! Heute ist ja noch das Adventskonzert, zu dem ich gerne hinwollte. Das schaffe ich noch, und die drei Waschmaschinen zwischendurch natürlich auch. Wenn ich dann heimkomme, dekoriere ich gleich....

Huch, was ist denn nur alles in diesen Kisten? Oh, da hatte ich ja letztes Jahr auch was Neues für die Balkonfenster gekauft. Ach, macht nix, kommt alles in die Kinderzimmer. Da soll es ja schön sein. Und das hier, das ist ja wirklich hässlich. Hatte ich das jemals dekoriert? Eigentlich könnt's ja weg. Ach, ich tu's erst nochmal in die Kiste zurück. Oh wie schön, die CD mit den Weihnachtliedern! Da lege ich doch gleich mal eine ein...

So, jetzt die Balkonfenster. Da muss ich wohl mal wieder vom Stuhl auf die Sofalehne klettern. Hat ja bisher jedes Mal ge.....klappt!

27.11.2016, 1. Advent (Er sagt...)

Jetzt wird's ernst. Sie hat die Kisten geholt und die Weihnachts-CD's gefunden. Wo sind die Ohropax?! Und dann dieser Gestank hier! Das ganze Haus riecht nach Plätzchen. Selbst ich rieche danach, obwohl ich mich von allen Aktivitäten ferngehalten habe! Und überall liegen sie rum, die Weihnachtskekse. Die werden ja doch nur verschenkt oder selbst gefuttert. Und dann beschwert sie sich wieder, dass sie über Weihnachten so viel zugenommen hat. Ich weiß, woran das liegt. So langsam steht hier alles voller Zeug, Plätzchen, Schokolade, Glühwein, Baumkuchen – und dann diese ganze Deko. Da ist nicht mal mehr Platz, um irgendwo 'ne CD oder ein Buch hinzulegen. Überall blinkt's und leuchtet's – es ist einfach alles zu viel! Dieses ganze Rot und die vielen Lichterketten. Und dann diese vielen Geschenkkataloge, die hier ewig rumliegen. Ein Konsum, ehrlich...

Und jetzt wird's auch noch gefährlich. Jetzt steigt sie auf den Stuhl und jetzt über auf die Sofalehne, das geht doch nicht gut, dass sehe ich doch schon kommen! Warte ich helfe dir...

So, das war's. Jetzt kann sie nicht mehr auftreten. Aber auf dem Sofa liegen und mir sagen, was noch alles aufgehängt werden muss, das geht. Und was ist eigentlich hier mit diesen Kisten – die sind ja noch komplett voll, obwohl hier überall schon alles rumsteht. Bei uns sieht's aus wie bei Käthe Wohlfahrt in ihren besten Zeiten! Ich fasse es nicht! Und ich habe auch noch dabei geholfen...

Dem Hund scheint's auf jeden Fall auch nicht zu gefallen. Der hat grade unter den Tisch gekotzt. Und sie kann nicht auftreten. Prost Mahlzeit!

5.12.2016 (Sie sagt...)

Ach du Scheiße, morgen kommt ja schon der Nikolaus! Und dabei muss ich heute zum Arzt und einer der Jungs hat Weihnachtskonzert. Das will ich unbedingt sehen. Nutzt aber nix. Ich muss nochmal los. Die Stiefel stehen ja schon. Selbst die großen! Jetzt aber schnell!

Na geht doch: Kleine Schokonikoläuse, Windlicht für die Schwiegermutter, Spotify-Karten für die Kids. Ist ja einfach! Aber was mache ich nur mit den Weihnachtsgeschenken?!

5.12.2016 (Er sagt...)

Mann, was ein Stress. Direkt nach der Arbeit noch zum Schulkonzert. Ich weiß gar nicht, wie die sich das alle vorstellen mit den vielen Terminen so kurz vor Weihnachten.

11.12.2016, 3. Advent (Sie sagt...)

So, jetzt mal Inventur: Die Geschenke für die Schwiegermutter und die Kinder sind da. Alles andere fehlt mir noch. Dabei müssten noch so viele Päckchen kommen. Ich habe schon Tage lang keinen Paketboten mehr gesehen! Was mache ich nur?! Noch nicht mal mehr zwei Wochen... Und ob ich am 4. Advent wohl nochmal die Verwandtschaft einladen soll?! Die würden sich bestimmt freuen. Also, hier im Kalender sieht's gut aus. Er hat zwar vorher Weihnachtsfeier, aber er macht ja eh nix... Ich gehe jetzt erstmal auf den Weihnachtsmarkt. Sicher finde ich da noch ein bisschen was.

11.12.2016, 3. Advent (Er sagt...)

Bei uns sieht's aus wie in dem Buch vom Nikolaus, Sie wissen schon: „Wo der Weihnachtsmann wohnt". Dauernd kam irgendein Bote und brachte was, bis ich den Hund auf die Jungs abgerichtet habe. Jetzt trauen sie sich nicht mehr rein und sie fragt sich, wo ihr ganzes Zeug bleibt. Dafür schleppt sie jetzt aus der Stadt täglich mehr Taschen an. Und jetzt ruft sie auch noch ihre Mutter an, ob die nicht nochmal vor Weihnachten zum Kaffeetrinken kommen wollen. VOR Weihnachten!!! Geht's noch! An Weihnachten ist ja schon hart genug, aber jetzt auch noch vorher. Wahrscheinlich wieder am Tag nach meiner Betriebsweihnachtsfeier, wenn ich kaum aus dem Bett komme und den ganzen Tag nicht sprechen kann...

Jetzt geht sie schon wieder auf einen Weihnachtsmarkt. Den fünften in dieser Saison. Und ich habe es noch kein einziges Mal erlebt, dass sie mit leeren Händen heimkommt.

18.12.2016, 4. Advent (Sie sagt...)

Puh, vielleicht war das doch keine so gute Idee mit der Verwandtschaft. Für zwölf Leute mal eben Mittagessen und Kaffee zaubern, wo noch keine einzige Weihnachtskarte geschrieben ist... Und mein Knie tut von meinem Sofasturz immer noch weh. Und er ist ja nun heute wirklich wieder mal maximal unterhaltsam. Scheint sich ja sehr zu freuen, dass seine Schwiegerfamilie uns wieder mal beehrt.

18.2.2016, 4. Advent (Er sagt...)

...

23.12.2016 (Sie sagt...)

Einkaufen. Schlange stehen bis zur Wursttheke, erst bei Aldi, dann bei Lidl, dann bei Rewe. Heute ist der letzte Tag. Niemand scheint auch nur noch den kleinsten Fitzel zu essen zuhause zu haben. Wir ja auch nicht. Der Mann hinter mir in der Schlange altert zusehends, als er sieht, was ich alles aufs Band packe. Er ist schlau, er stellt sich nebenan an.

23.12.2016 (Er sagt...)

Weihnachtsbaum schlagen. Das macht Spaß! Mit dem Kumpel, den Kindern und dem Hund in den Wald fahren und den schönsten und größten Baum in der ganzen Schonung suchen. Zuhause angekommen, stelle ich fest, dass die Tanne im Wald viel kleiner ausgesehen hat als bei uns im Wohnzimmer. Ich kämpfe den jährlichen schweren Kampf mit der Lichterkette. Auf die Leiter lasse ich sie aus Gründen der Vorsicht und der Betriebsbereitschaft in den nächsten Tagen jetzt nicht mehr.

24.12.2016 (Sie sagt...)

Kein Geschenkpapier mehr da. Und die Getränke habe ich auch vergessen. Ich geh' nochmal los. Am Morgen des Heiligen Abends macht es ohnehin am meisten Spaß.

Dann also noch heimlich Geschenke einpacken, Sekt kaltstellen, Abendessen vorbereiten, aufbretzeln, Weihnachtsagottesdienst, den Tisch feierlich decken, Abendessen fertigmachen, nachbretzeln, Kinder ruhig halten, runtergefallen Weihnachtskugeln wegkehren, Kind verarzten, das in die Scherben getreten ist, nachbretzeln, nächstes Jahr dekoriere ich nicht, doch noch mal den Fernseher anmachen, jetzt noch meine Mutter anrufen, klingeln, Essen, singen, Versuch einer Weihnachtsgeschichte, Bescherung, anstoßen, Papier und Verpackung entsorgen, auf der Couch einschlafen.... Was denn, schon Frühstück?!

24.12.2016 (Er sagt...)

So langsam wird's ruhiger. Ich lege mich mal auf die Couch. An Weihnachten ist ja immer das Fernsehprogramm so gut. Mhmm, und dann das leckere Abendessen an Heiligabend. Die Bescherung wird zwar ein wenig von ihrem Wunsch nach Weihnachtsliedern und einer Geschichte verzögert, aber alle freuen sich. Welch schöne Überraschungen der Heilige Abend selbst mir bietet. Endlich weiß ich, was wir den Kindern und meiner Mutter geschenkt haben. Echt schön, das Zeug...

Ich weiß gar nicht, warum sie so einen angespannten Eindruck macht. Ist sie jetzt etwa sogar auf der Couch eingeschlafen?! Kann ich gar nicht verstehen. Wo es jetzt gerade so schön gemütlich wird.

War doch eigentlich ganz entspannt, die Weihnachtszeit...

Das Beste kommt zum Schluss! (Silvester 2016)

Heute ist der letzte Tag des Jahres. Und wenn man glauben will, dass das Beste zum Schluss kommt, wird einem schnell klar, dass man von diesem Jahr nicht unbedingt viel zu erwarten hat. Und so hob auch ich zunächst an, in den kollektiven Abgesang auf die Sicherheit, die Kultur, die Völkerverständigung und alles andere einzustimmen, und ergoss mich in die schier endlose Kondolenzliste dieses „Jahres des Promi-Sterbens" – ein Titel, den sich 2016 wie die vielen anderen negativen Superlative redlichst verdient haben mag.

Allerdings muss ich sagen, die Vorstellung, dass jetzt die österreichische Sex-Expertin Erika Berger gemeinsam mit der lilahaarigen DDR-Ikone Margot Honecker Fidel Castro und Walter Scheel bearbeiten könnte, hat schon was. Zsa Zsa Gabor wäre an dieser Stelle auch eine wahre Bereicherung, während Carrie Fisher ihr ewiges Karma über dieser illustren Gruppe ausbreiten würde: „Möge die Macht mit dir sein!" Dass das nicht immer so klappt, darüber könnten sich Frau Honecker und Prinzessin Leia trefflich streiten und vielleicht würde Leia sich im Rahmen einer himmlischen Versöhnungsoffensive breitschlagen lassen, Frau Honecker in die Geheimnisse ihrer schönen Schneckenfrisur einzuweihen. Im Paradies soll ja so einiges möglich sein. Liebling Kreuzberg könnte aufpassen, dass alles mit rechten Dingen zugeht und dass Schimanski es nicht allzu sehr krachen lässt. Auch wenn diesem angesichts einiger Mitzeitreisender sicher ab und an der Sinn danach stünde: Gegen ein kleines Kräftemessen mit Knochenbrecher Tamme Hanken, Bud Spencer oder Muhammad Ali hätte er sicherlich nichts einzuwenden.

Und dann erst die neuen himmlischen Heerscharen: Eine wirklich geile Band könnte sich im Himmel zusammenfinden: Peter Behrens von Trio, Rock Parfitt von Status Quo, Glenn Fry von den Eagles, Wölli Rohde von den Toten Hosen, George Michael, Leonhard Cohen, Prince, Roger Cicero, und David Bowie – um nur die Bekanntesten zu nennen, die sicher die Größe hätten, auch noch Achim Menzel, selbsternanntes Original der Volksmusik, mitmachen zu lassen. Dessen Website ist übrigens ein knappes Jahr nach seinem Materiewechsel immer noch online, und dort heißt es, dass er sich sehr freuen würde, mich bald auf einer seiner vielen Veranstaltungen begrüßen zu dürfen! Ehrlich gesagt, Achim, so verlockend dein Angebot klingt – besonders mit deiner neuen Besetzung –, ich würde damit doch gerne noch ein bisschen warten.

Denn, wie auch immer die Nachrichten und Internetportale das nun zurückliegende Jahr bewerten: Ich fand's schön. Nicht zuletzt, weil meine Lieben und ich auch aus diesem Jahr wieder relativ unbeschadet rausgehen. Mehr noch, wir wissen, dass wir es – jetzt mal abgesehen von dem oder jenem kleinen Minileiden – einfach wahnsinnig gut haben. Und genau das sehen Soziologen als das deutsche Problem: Wer es gut hat, hat auch viel zu verlieren und entwickelt eine diffuse Angst vor Abstieg und Verlust. Und vor Wandel. Den will man unbedingt abwenden – wenn es sein muss, auch gerne mit einfachen Antworten, von denen eigentlich jeder weiß, dass sie weder dazu noch zu etwas anderem taugen. Angesichts dieser unübersichtlichen, von ständigem Wandel bedrohten Zeiten ist man ja direkt froh, wenn sich auf der To-Do-Liste einige Dinge hartnäckig halten. Danke, Ablage 2014 und 2015! Euch nehme ich gemeinsam mit der Ablage 2016 mit ins neue Jahr und ich werde alles dafür tun, dass ihr mir auch im Jahr 2018 erhalten bleibt. Alles andere ist ja fraglich, oder?

Könnte man zumindest meinen, wenn man sich in die politischen Veränderungen von 2016 vertieft. Als Stichworte reichen da ja schon alleine Erdogan, Trump und Petry, um nur einmal ein paar Namen zu nennen, die jetzt nicht gerade heimelige Gefühle bei einem auslösen, außer man ist Erdogan, Trump oder Petry. Bei Frau Erdogan, Frau Trump und Herrn Petry hätte ich da schon Bedenken... Aber man könnte sich auch fragen, was von all den schlechten Nachrichten durch ständige Wiederholung auf allen Kanälen immer nur noch größer und schlechter wird. Was Wahrheit ist und was Fake? Was können wir im postfaktischen Zeitalter der Social Media, wo jeder sein eigener Nachrichten-macher ist, noch glauben und welche Schlüsse können wir aus all dem, was wir täglich lesen, hören und anschauen, ziehen? Das ist nicht nur für uns schwierig: Schon 1934 fragte der Dramatiker T.S. Eliot „Wo ist die Weisheit, die wir im Wissen verloren haben? Wo ist das Wissen, das wir in der Information verloren haben?" Und da gab es noch kein Smart TV und kein Internet!

Und obwohl ich – meistens zumindest, und vermutlich nur meiner multimedialen Unwissenheit geschuldet – vom Internet profitiere, habe ich mich für den Ausblick auf das Jahr 2017 mal auf ein paar recht alte Vertreter besonnen, denen das Internet noch völlig fremd war, die sich keine Zitate googeln konnten, deren Weisheit aber vielleicht größer war als das World Wide Web es jemals sein wird:

„Das Leben gehört dem Lebendigen an, und wer lebt, muss auf Wechsel gefasst sein." Das sagte natürlich Johann Wolfgang von Goethe, wer sonst! Und Mahatma Gandhi wusste dann wenige Jahrhunderte später auch, wie das geht: „Wir müssen der Wandel sein, den wir in der Welt zu sehen wünschen."

Also, besser hätte ich es jetzt auch nicht sagen können!

FAMILIENWAHNSINN - WAHNSINNSFAMILIE

KEINER ZUHAUSE

Gleich treffe ich mich nach dem Mittagessen auf einen kleinen „After-Lunch-Kaffee" mit zwei Freundinnen in einem schicken Café in Alsfeld. Gestern traf ich mich mit einer Freundin zum Frühstücken in Fulda, auch in einem schicken Café. Und nächste Woche treffe ich mich mit einer Freundin ebenfalls zum Frühstücken, in einem schicken Café in Gießen. Schließlich sind ja Osterferien und da kann man sich auch mal was Gutes tun. Das ist richtig, und es macht ja auch Spaß, aber während wir gestern so da saßen, dachte ich darüber nach, wie lange ich schon nicht mehr bei meiner Freundin zuhause gewesen war. Und sie bei mir. Jahre!

Wir lernten uns kennen, als wir gemeinsam an der Fernuni studierten und meistens besuchte ich sie janz weit draußen in der Rhön, um gemeinsam zu lernen. Das war früher. Früher, als man auch auf dem Dorf oder in kleinen Städten wie Alsfeld noch gerne mal so zusammenlief oder unangemeldet irgendwo vor der Tür stand, um einfach mal vorbeizukommen und ein Schwätzchen zu halten. Ich, inzwischen bekanntlich auch schon ein halbes Jahrhundert alt, kann mich an Zeiten erinnern, wo die Leute nach Feierabend - oder auch schon davor – gerne mal aus dem Fenster schauten, um zu sehen, wer da so vorbeilief und vielleicht grade Lust auf ein unterhaltsames kleines Päuschen hatte. Manchmal gesellten sich noch ein paar mehr Menschen dazu – ein Vorläufer der heutigen WhatsApp-Gruppen, aber das wusste damals noch keiner. Wer heute vor Langeweile aus dem Fenster schaut, macht sich schwer verdächtig – der Langeweile, des Müßiggangs, am Ende gar der Faulheit!

Kaum vorstellbar, dass man sich einfach so traf – ganz ohne den nervigen SMS-Talk nach dem Motto „Mal sehen – melde mich nochmal", „Wird etwas später", „Kann doch nicht". Komischerweise wurde es nämlich mit den zunehmenden Kommunikations-möglichkeiten nicht einfacher, sondern schwieriger, sich zu verabreden. Dabei leben wir in einer Zeit, wo bereits Kindergartenkinder sich nicht mehr ohne vorherige Telefon- oder SMS-Absprache treffen können und wo man es merkwürdig findet, wenn es unangemeldet an der Tür klingelt. Könnte ja Gott-weiß-wer sein!

Was ist geschehen? Warum wollen wir offenbar niemanden mehr ohne Vorwarnung in unsere vier Wände lassen und wo ist unsere Spontaneität hingekommen? Wahrscheinlich haben wir sie irgendwo zwischen Homeoffice und Teilzeitjob, zwischen Kita-Öffnungszeiten und dem Pilates-Kurs abgegeben. Wahlweise auch zwischen der 60-Stunden-Woche und den drei abendlichen Fußballtrainings. Die letzten Unerbittlichen, die es wagten, unangemeldet vor der Tür zu stehen, haben wir enttäuscht, weil wir völlig abgehetzt und mit über die unvorhergesehene Störung schreckgeweiteten Augen geöffnet haben und ganz offensichtlich keine Zeit für sie hatten. Die Message lautet ganz klar: Wer sich mit irgendwem treffen will, braucht einen Termin. Lange vorher. Und am besten, wir treffen uns auch nicht zuhause, sondern auf neutralem Boden.

Klar ist es schön, gemeinsam was essen zu gehen, und niemand hat die Arbeit damit. Klar ist es schön, wenn man ungestört seine Arbeit fertigmachen kann. Klar beginnt immer dann der Stress, wenn man aufgehalten wird und in Verzug gerät.

Alles richtig, aber wäre es nicht noch schöner, wenn uns ab und an mal jemand beim Putzen stören würde? Ganz unverhofft. Oder bei der Steuererklärung? Könnte man sich da nach einem gemeinsamen Gläschen Prosecco auf dem heimischen Balkon nicht mit ganz neuem Schwung an die Arbeit machen?! Oder sie vielleicht gleich auf morgen verschieben?

Übrigens: Auf der Suche nach ein bisschen mehr Input zu dem Thema fand ich unter „zwanglose Treffen" nur Hinweise auf Dating-Apps (die harmlosere Variante) oder Swinger- und andere Clubs und Gelegenheiten wie beispielsweise den bumz.club (die anderen Varianten). Was ich noch fand, war die Website secretkontaktdienst.com. Sie warb mit dem Slogan „Treffen in deiner Nähe – Sucht deine Nachbarin ein Date?". Also, das kann man aber auch ganz einfach so rausfinden: Rübergehen, klingeln, Schwätzchen halten. Fast genauso wie früher...

No Risk, no fun

„Diese Leiter kann die Ursache für Ihren Sturz werden, der tödlich enden kann." So oder so ähnlich dürfte es schon bald auf Leitern und besonders diesen kleinen praktischen Tritten, die man so gerne zum Fensterputzen oder Schrankauswaschen nimmt, zu lesen sein, denn, wie ich vor wenigen Tagen in der Zeitung las, sind deutsche Haushalte höchstgefährliche Orte. Fast 10.000 Menschen sind dort im Jahr 2015 ums Leben gekommen, und das ist, finde ich, eine ganze Menge. Im Vergleich dazu sind nur 3.475 Menschen bei Verkehrsunfällen gestorben. Eigentlich immer noch eine ausreichend große Zahl, um auf jedem Auto großflächig ein Foto mit einem verstümmelten Unfallopfer anzubringen, das eindrucksvoll vor den Folgen des Autofahrens warnt. Sie wissen, worauf ich hinauswill, oder?!

Als eine Frau, die sich gerne mal am Abend oder in Gesellschaft eine Zigarette ansteckt, finde ich es überhaupt nicht witzig, was sich seit einiger Zeit auf den Zigarettenschachteln abspielt, aber das soll es ja auch nicht sein. Is' klar. Als nur verbal gewarnt wurde, habe ich mir immer die Schachteln gekauft, die auf zu erwartende Unfruchtbarkeit hinwiesen. Das hätte mir gut in den Kram gepasst. Aber jetzt?! Schlimme Bilder sollen einen permanent daran erinnern, dass man etwas Ungesundes tut, sich, seiner Umwelt und der Volkswirtschaft schadet, und ich frage mich seitdem: Warum hat sich eine ganze Regierung so sehr auf die Tabakindustrie eingeschossen? Begibt man sich auf Recherche zu alternativen unnötigen Todesarten – und das natürlich mit dem festen Vorsatz, eine häufigere und schlimmere zu finden als das Rauchen – findet man sich auf verlorenem Posten wieder. Rauchen ist der Killer Nr. 1. Zumindest in Deutschland. In anderen Ländern heißen die Killer anders, aber das nur am Rande.

Alle Portale sehen das Rauchen an der Spitze der Todeslisten, dicht gefolgt allerdings von Alkohol, den man in tausendfacher Ausfertigung überall zu kaufen bekommt (nicht, dass mich das störte). Meine erste Schlussfolgerung: Die Branntweinlobby hat's einfach besser drauf als die Nikotinlobby, vielleicht können die meisten Politiker auch eher auf Tabak als auf Alkohol verzichten, wer weiß... Und wer will schon in einer kleinen parlamentarischen

Pause mit dem Bild einer Säuferleber auf der Wodkaflasche geschockt werden?

Eine andere stets gut getarnte Droge ist weiß, pulverig und heißt nicht Kokain. Zucker wird in Gesundheitsportalen eindeutig als Gift klassifiziert: Wer regelmäßig zu viel davon verspeist, wird fettleibig, hat ein gestörtes Immunsystem und riskiert Krankheiten wie Arthritis, Asthma oder Multiple Sklerose. Schade eigentlich... Also, ich meine, da wären schon mal ein paar Aufkleber fällig, oder? Kein Wunder auch, dass alljährlich im Sommerloch die Mär von der Zuckersteuer ihr Unwesen treibt.

Und dann der Deutschen Lieblingsessen: Fleisch, vorzugsweise vom Schwein und verarbeitet zu Wurst! Darüber wollen wir erst gar nicht sprechen. Oder doch?! Diabetes, Herz- und Gefäßerkrankungen sind die Folge von zu viel Fleischkonsum. Ich glaube allerdings, dass eine Kampagne gegen Schnitzel und Schwartenmagen dann doch zu viel für die deutsche Volksseele wäre. Da dürfte mit Tumulten zu rechnen sein, gegen die die letzten Anti-Trump-Demos wie ein Sonntagsspaziergang ausgesehen haben dürften.

Dass diese Dinge alle ungesund sind, ist unbestritten. Aber ist es starrsinnig, dafür zu sein, sich undiskriminiert entscheiden zu dürfen, sie zu tun? Oder vergreift man sich am Vermögen aller, wenn man als 150-Kilo-Frau mit Herzproblemen im Krankenhaus liegt? Ist der Extremsportler, der leider bei seiner achten Mount-Everest-Besteigung ohne Sauerstoff gerade noch so gerettet werden konnte, ein verantwortungsbewussterer Patient? Ist ein Base-Jumper (Todesrate 1:60) ein besserer Mensch als ein Raucher oder Trinker? Muss ich als erwachsener Mensch ständig gewarnt werden? Wo fangen staatliche Fürsorge und Selbstverantwortung auf der einen Seite an und wo hören Bevormundung und Selbstaufgabe auf der anderen Seite auf?

Also, Arbeit zum Beispiel, kann ja auch zu Herzinfarkten oder Burnout führen. Sollte da nicht bereits die Berufsberatung in den Schulen vorbeugen und die zukünftigen Berufsanfänger auf die unschönen Nebenwirkungen des Arbeitens hinweisen? Und was ist eigentlich in der Liebe? Warum hat mich seinerzeit niemand gewarnt, dass Michael T. mir das Herz brechen könnte, was er auch

– kurzfristig – getan hat. Ein T-Shirt mit entsprechender Aufschrift hätte sicher Schlimmes verhindert. Wenn ich die Warnung denn befolgt hätte, was angesichts des Michaels darin sehr unwahrscheinlich gewesen wäre. Ich hätte es auf jeden Fall probiert mit ihm... Zu Recht!

Also, liebe Leute: Die Todesrate beim Computerspielen geht in allen relevanten Statistiken gegen Null. Wenn ihr also immer schön zu Hause bleibt, an Karotten knabbert, ein wenig Leitungswasser trinkt und an eurem Computer nichts Aufregendes schaut oder spielt, solltet ihr ein langes Leben haben....

Für mich allerdings wär' das nix.

Kopfkino

Es gibt da ja diese Bücher, die für alles und jenes eine Statistik haben, ein Tortendiagramm oder zumindest einen Mann-Frau-Vergleich. Darin wird die Frage gestellt „Was denkt meine Mutter, wenn sie mich auf dem Handy nicht erreicht? 33% - ich wurde entführt, 33% - ich bin tot, 33% - ich hatte einen Unfall, 1% mein Akku ist leer."

Als ich das so las, konnte ich mich eines bestimmten Wiederkennungseffektes nicht erwehren. Ich bin Meisterin des Kopfkino. Um es mal genau zu sagen, die weibliche Version einer Mischung aus David Lynch, Jonathan Demme und George Sluizer. Was in meinem Kopf alles passiert, wenn meine Lieben nach meinem Dafürhalten nicht rechtzeitig zuhause sind, das mag ich Ihnen gar nicht beschreiben – nur so viel: Das „Texas-Kettensägen-Massaker" ist ein Kindergeburtstag dagegen. Kaum zu glauben, dass man das noch überbieten kann. Geht aber, nämlich dann, wenn einer meiner Jungs – auch die großen – insbesondere zu nachtschlafener Zeit noch unterwegs ist UND gleichzeitig nicht ans Handy geht.

Grauenhafte Szenen von in den Erlen ihrer Kettcars beraubten Kinder tun sich vor mir auf, erwachsene Männer, die auf dem Weg vom „Laternchen" nach Altenburg von gewaltigen, unsichtbaren Armen immer wieder zurückgehalten und an die Theke gedrängt werden, Jugendliche, die nach exzessivem Konsum alkoholfreier Cocktails den Heimweg nicht mehr finden. Es ist so schrecklich – ganz besonders die Nachtvorstellungen bieten jede Menge Potenzial. An Schlaf ist dann nicht mehr zu denken – es ist meine kreativste Kopfkino-Phase, wenn ich nachts nicht schlafen kann oder aus Versehen aufwache. Wie oft habe ich schon alle Telefone dreimal umgedreht, um mich zu vergewissern, dass ich auch keinen Anruf verpasst habe. Geschaut, wann mein so Gestalkter zum letzten Mal online war. Wie? Gestern um 18 Uhr?! Jetzt liegt der schon zehn Stunden irgendwo in der berüchtigten Alsfelder Gosse und keiner schaut nach ihm! Und habe ich wirklich alle Telefone in voller Lautstärke am Start, damit ich höre, wenn die Polizei oder das Krankenhaus anruft? (Leider meldet sich IMMER, wie so oft und unabhängig von der Uhrzeit, irgendeine meiner hyperaktiven Frauen-WhatsApp-Gruppen zu Wort. Letztens habe ich zum ersten Mal eine stumm gestellt!) Wie oft habe ich selbst dann schon zu unmöglichen Zeiten SMS verschickt, mit kleinen harmlosen Fragen nach dem Befinden, meist nur ein, zwei Minuten, bevor das Objekt meiner Fürsorge froh und munter vor mir stand. Kann man da was gegen tun?

Immer wieder höre ich, dass Kopfkinoregisseurinnen – im Gegensatz zu den Hollywoodregisseuren – in der Regel weiblich sind, ich würde sogar so weit gehen, zu behaupten, dass sie auch Mütter sind. Mutter sein regt die Katastrophenfantasie auf ganz phänomenale Weise an! Womit wir wieder bei einem meiner Lieblingsthemen wären: Wir Frauen haben einfach auch auf diesem Gebiet das größere kreative Potenzial – schade nur, dass wir es immer nur mit uns alleine teilen. Und außerdem meist nachts, wenn alles schläft. Außer uns.

„Es gab in meinem Leben viele Katastrophen - einige davon sind sogar passiert." Das sagte der weise Mark Twain. Ich glaube, er hat mich gekannt.

Kopfkino sind aber nicht nur die Horrorszenarien von verschwundenen Familienmitgliedern. Kopfkino können auch andere Vorstellungen sein, auf die man gerne verzichten möchte. Oder wollen Sie wirklich alles sehen, was unter dem Motto „In meinem Kopfkino laufen nur Pornos" läuft? Also, ich nicht! Schon gar nicht, wenn echte, mir am Ende gar noch bekannte Menschen darin vorkommen. Da hilft nur eins: „Kopfkino aus".

Aktuell ist bei mir aber gerade ein ganz anderes Kopfkino an! Tolles Kopfkino. Rosamunde Pilcher für Italien-Fans. Vor meinem geistigen Auge sehe ich ein Haus am Comer See. Mit Pool und Sonnenliegen. Daneben ein bis zum Abend ständig mit Aperol gefülltes Glas, danach Rotwein, zwischendurch Cappuccino. Neben mir ein Zwillingsvater. (Ausnahmsweise NICHT George Clooney.) Ich sehe ein immerwährendes Frühstücks- und mediterranes Tagesbüffet und ein emsiges Aufräumteam für das weitläufige Areal, das wir unser eigen nennen. Ich sehe eine Reihe gutgebauter Barmixer und ebensolche Masseure. Ich sehe... Ein Teil davon könnte wahr werden. Nächste Woche schon. Endlich Urlaub!

Chaostruppe

Neulich war unsere Staubsaugerdüse verschwunden. Die größte. Es gab Zeiten in meinem Leben, da hätte ich das für unmöglich gehalten. Damals, ich gehörte noch der sozialen Gruppe der DINKIs an (Double Income No Kids), wäre eine verschwundene Staubsaugerdüse ein untrügliches Indiz für sich anbahnendes Messietum gewesen, für einen Verfall aller Sitten, für alles, was ich nicht war und nicht sein wollte. Zumindest vorübergehend. Verschwundene Staubsaugerdüsen passten nicht in mein Weltbild. Ebenso wenig wie verschwundene Handys, Sporttaschen oder Zeugnisordner.

Ein paar Jahre später, unser erster Sohn lief gerade und war stolzer Besitzer eines Paar Schuhe, Größe 19, besuchte ich eine Familie mit vier Jungs unterschiedlicher Altersstufen. Direkt neben der Haustür begrüßte mich ein Riesenhaufen mit Jungsschuhen verschiedenster Größen, Abnutzung und Verschmutzung. Alles schön und gut, dachte ich, aber so muss es auch in einem Sechspersonenhaushalt nicht aussehen. Es war der Hochmut vor dem Fall, der aus mir sprach. Bekanntlich habe ich es zwar nur zu einem Fünf-Personen-plus-Hund-Haushalt gebracht, die Haufen, Dreckecken und anderen Ansammlungen von allem Möglichen aber würden einem überaus größeren Haushalt alle Ehre machen. Es ist ja wirklich unglaublich, was man alles nicht wegräumen muss, weil es einfach nicht nötig ist! Die Pfosten unserer zahlreichen Treppengeländer biegen sich meist unter der Last von Jacken aller Art. Und wenn man genau hinsieht, sind auch Handtaschen und Frauenjacken darunter. Der Sessel im Eingangsbereich ist eine Überlaufeinrichtung für eilig ausgezogenes Zeug geworden, die Gästegarderobe – welche Gästegarderobe?!

Und natürlich geht bei so viel Betrieb und so vielen Möglichkeiten auch das eine oder andere verloren. Staubsaugerdüsen zum Beispiel tauchen irgendwann im Kinderzimmer wieder auf, verlorene Hausschuhe finden sich nach Ablauf der Mindestgröße in der Autokiste unter dem Bett wieder, verschwundene Hundehalsbänder tauchen erst Monate später wieder auf – allerdings auf dem Nachbargrundstück und nur zwei Tage nach dem Erwerb eines neuen schicken Teils. Unzählige kleine und große Teile des täglichen Bedarfs verschwinden bei uns buchstäblich innerhalb von Sekunden einfach so, und meine größte Angst ist die, dass irgendwann einmal eine Riesenblase über unserem Haus sich öffnet und alles, was wir bisher vermissen, daraus auf uns herunterfällt. Wir werden begraben liegen unter einem Berg aus Millionen von kleinen und großen Dingen und es wird für uns keine Rettung geben.

Als Kind war Aufräumen für mich total leicht. Ich übte mich früh darin, Sachen einfach unter das Sofa, unter das Bett und in schwer einsehbare Ecken zu schieben, bis sie von selbst wieder daraus hervorquollen. Ein Talent, das ich großzügig an meine Kinder weitervererbte. Später, als ich dann alleine wohnte, wurde ich sehr ordentlich. Alles, was ich nicht brauchte, lagerte ich bei meinen Umzügen auf dem Dachboden meines Elternhauses und so war es bei mir – zur großen Verwunderung meiner Mutter – eigentlich immer sehr ordentlich. Als schließlich der Dachboden meiner Eltern überquoll und ich im siebten Monat mit den Zwillis schwanger war, packte ich in einem Riesenbefreiungsschlag alle etwa zehn Jahre lang nicht beachteten Kisten ins Auto und fuhr sie ungeöffnet und unbesehen auf die Mülldeponie – in mehreren Fuhren. Ein Wahnsinnsgefühl! Manchmal vermisste ich das eine oder das andere, aber ich kam darüber hinweg. Ordentlich sein fühlte sich so gut an!

Im Lauf der Zeit allerdings wurde es immer schwieriger, Ordnung zu halten. Inzwischen hat sich die Größe der Schuhe, die neben der Tür herumstehen, verdreifacht, die Anzahl der Schuhe um einiges mehr. Manchmal, wenn ich mich so umschaue, beschleicht mich der Verdacht, ich hätte mich dem Chaos ergeben. Aber ich habe Hoffnung. Die Bücher „Feng Shui gegen das Gerümpel des Alltags", „Magic Cleaning – Wie richtiges Aufräumen Ihr Leben verändert" und „Die Kunst des Aufräumens" habe ich soeben in meinem Bücherregal wiedergefunden. Die lese ich jetzt mal. Und dann geht's los. Ich schwör's!

Unser Robbi

„Herr und Frau Schlitt geben hiermit stolz bekannt, dass mit dem kleinen Robbi ein neues Familienmitglied zu ihnen gekommen ist!"

Wer hätte das gedacht in unserem fortgeschrittenen Alter und den damit verbundenen biologischen und physischen Gegebenheiten? Was soll ich sagen – die Technik macht's möglich. Er ist da: Unser Robbi lebt seit Anfang Juli bei uns und macht unser Leben jeden Tag ein wenig schöner. Besonders das meines Mannes, dessen großer Wunsch Robbi war – und damit ein wenig mehr Unterstützung in der Gartenarbeit. Und bis jetzt – toi, toi, toi – scheint, abgesehen von kleinen kommunikativen Missverständnissen, auch alles so einzutreffen, denn Robbi ist echt fleißig.

Robbi ist unser neuer Rasenmähroboter. Er wohnt auf unserem Gelände und ist der Einzige bei uns mit einem eigenen kleinen Haus für sich. Schon allein darum beneide ich ihn. Er geht rein, hat seine Ruhe und lädt seinen Akku auf. Tolle Vorstellung! Allerdings ist sein Hüttchen ein wenig zu klein für mich. Tag für Tag frisst er sich nun durch unseren Rasen, still und leise übrigens, während in Villabajo, also in der Nachbarschaft, noch im Gehen oder auf einem Traktor laut bis sehr laut gemäht wird. Unser Rasen sieht inzwischen schwer nach Gärtner aus, und nicht nur deshalb haben wir den kleinen Kerl alle schon ins Herz geschlossen, auch wenn – wie das so ist mit dem Familienzuwachs – wir uns erst langsam aneinander gewöhnen mussten. Denn Robbi ist – wie der Rest der Familie – eigensinnig. Er macht seine Arbeit gründlich und lässt sich davon auch nicht aufhalten, wenn ich auf der Wiese die Wäsche aufhänge. Ich muss IHM aus dem Weg gehen – das fällt mir ehrlich gesagt schwer, da ich meinte, ihm weisungsberechtigt zu sein. Das Gegenteil ist der Fall: Robbi fährt meinen Klammereimer um, ohne die Klammern dann wieder aufzuheben, und er legt sich mit dem Wäschekorb an. Nach zwanzig Jahren hausfraulicher Tätigkeit auf diesem Grundstück bin ich nun dazu übergegangen (worden), beides – Wäschekorb und Klammereimer – hochzustellen, damit Robbi ungestört mähen kann. Habe ich schon mal erwähnt, dass ich es NICHT leiden kann, erzogen zu werden? Noch dazu von einer Maschine?

Bis Robbi endlich in unsere Familie kam, dauerte es ähnlich lange wie bei menschlichen Familienmitgliedern, auch wenn die Vorbereitungszeit – um das Wort „Schwangerschaft" zu vermeiden – deutlich auf der männlichen Seite der Beteiligten lag: Da wurde recherchiert, diskutiert, analysiert, hospitiert – keine Eventualität, die nicht ausgeschlossen werden sollte: Würde Robbi die Steigung auf unserem Grundstück schaffen? Würde unser Hund akzeptieren, dass er fortan sein Terrain teilen muss? Würden unsere Bäume im Weg sein oder würde er gar das Staudenbeet meiner Schwiegermutter schänden? Könnte er leicht gestohlen werden? Und würde er wirklich auf die Smartphone-App hören?

Bei so vielen Fragen war es wichtig, nicht nur auf Internetforen zu surfen, wo so qualifizierte User wie „zwergele66" und „susesgarten" ihre Erfahrungen mit dem „partisanengärtner" austauschen, sondern auch mal bei richtigen Menschen zu schauen, wie es da so läuft. „Alles paletti", war hier die vorherrschende Meinung, auch wenn ich es ein wenig verwunderlich fand, von Anwendern zu hören, die zwar jetzt nicht mehr selbst Rasen mähen, dann aber doch ihrem Roboter hinterherlaufen, um das Display zu überwachen, damit mit dem Robbi auch wirklich alles gut ist. Das war aber nur am Anfang. Als wir dann selbst unseren Robbi hatten, konnte ich das direkt verstehen. So ein kleines Ding wächst einem irgendwie gleich ans Herz und man entwickelt – besonders als Eltern – so einen Kümmertrieb.

„Mit dem Robbi stimmt was nicht", rief am Anfang auch ganz besorgt die Oma an, wenn sich der Kleine in einem bisher unsichtbaren Loch auf unserem Grundstück festgefahren hatte und nicht mehr weiter wollte. Alles, dass wir nicht gleich von der Arbeit nachhause liefen, um uns um das kranke Häschen zu kümmern! Das muss man auch, denn, wenn es irgendwo blinkt und Robbi nicht mehr zum Vorschein kommt, dann will er hochgenommen und woanders hingetragen werden. Vielleicht lernt er ja noch, mit den Unebenheiten des Lebens irgendwann alleine umzugehen...

„Heute hat es geregnet", berichtete eines Abends mein Mann. „Da kam der Robbi aus seinem Hüttchen, schaute sich das an, schüttelte sich und verschwand wieder." Was so einen menschlichen, wasserscheuen Eindruck macht, ist ein Regensensor, aber so genau interessiert das ja auch wieder nicht. Robbi mag halt keinen Regen. Und er mag auch nicht arbeiten, wenn es nicht sein Tag ist. So spazierte er auch schon mal ohne Mähen über das Grundstück, als mein Mann seine Robbi-App ausprobierte: Robbi lief zwar über den Rasen, so wie die App es ihm vorgab, aber – da er an diesem Tag laut Programmierung freihatte – nur so zum Vergnügen. Ist ja auch nur ein Mensch, der Robbi. Und deshalb machte ich mir auf den ersten Blick auch Gedanken, als ich ihn – nachdem die Tage nun schon kürzer werden – abends im Dunkeln mit seinem grünen Blinklicht auf der Wiese sah. „Mensch, der Arme sieht doch gar nichts", schoss es mir durch den Kopf, bis ich mir klarmachte, dass er nie was sieht. Auch tagsüber nicht. Aber manchmal, wenn er ganz übermütig wird, tanzt er sogar, der Robbi! Goldig!

Während sich also Mann und Schwiegermutter nun bei schönem Wetter immer wieder mal einer kleinen Rasenmähermeditation hingeben – vorausgesetzt, die Nachbarn mit ihren lauten Mähkisten stören nicht dabei -, überlege ich mir, wie man den Robbi auch unserem Hund noch ein bisschen näher bringt. Beide ignorieren sich erfolgreich. Ob man den Robbi mal mit zum Gassigehen nimmt? Ich denke, das ist eine gute Idee – schauen Sie also in Zukunft genau, mit wem an der Leine wir so unterwegs sind!

Und sollten Sie auch einen Robbi haben wollen – wir informieren Sie gerne über artgerechte Haltung, Lieblingsessen und Pflege! Sofern wir nicht gerade meditieren.

Offline

Offline. Ein schlimmes Wort in diesen Zeiten. Offline hört sich so an, als wäre man OHNE ALLES in irgendeinem verschlafenen Dorf in der Mongolei ausgesetzt, ohne Chance da jemals wieder rauszukommen. Isoliert von allem, was man kennt und was einem lieb und teuer ist. Offline geht gar nicht.

Wir waren offline. 48 Stunden, 36 Minuten und ziemlich genau 20 Sekunden. Eine ungewohnte Zeit bangen Wartens: Werden wir jemals wieder am modernen Leben teilhaben können? Diese Zeit begann am vergangenen Sonntagabend ganz harmlos mit der Feststellung: „Wir haben kein Internet." Meistens stelle ich so etwas fest, denn immer, wenn mich die Langeweile überkommt, gehe ich ins Homeoffice und ziehe einen unerledigten Arbeitsauftrag aus meinem beachtlichen Haufen Unerledigtem und mache mich ans Abarbeiten. Da fällt es dann selbst am Sonntag relativ bald auf. Mit allem, was dann folgt, habe ich nichts zu tun.

Ich bin User. Userin, um es genau zu sagen. Ich will, dass die Dinge funktionieren, und ich will nicht wissen, warum oder warum nicht und schon gar nicht, wie sie es überhaupt tun. Ich bin da sehr anspruchslos. Sofern alles funktioniert. Wenn nicht, werde ich immer ganz schnell anspruchsvoll. Dann möchte ich nämlich, dass sofort, aber sofort, wieder alles läuft. Wegen des Internetausfalls gingen natürlich auch mein Drucker nicht und das Festnetztelefon. Solche Ausfälle nehme ich schnell persönlich, weil sie mich an dem hindern, was ich gerade tun möchte.

Erster und beliebtester Troubleshooter ist mein Mann. Manchmal reicht schon seine bloße Aura, damit die Dinge wieder funktionieren. Manchmal zieht er mit besorgter Miene ein, zwei, drei Stecker in der Abstellkammer, wo so verschiedene Apparate hängen und vor sich hin blinken, oder unter meinem Schreibtisch, was letztlich auch kein Vergnügen ist, denn hier paaren sich verstaubte, unbeschriftete Kabel in bedrückender Enge. Meistens geht dann wieder alles.

Am vergangenen Sonntag hat all das nichts geholfen. Selbst unser hausinterner 17-jähriger IT-Experte war ratlos. Zunächst. Mein Mann rief bei der Störungsstelle an. „Es besteht eine Wartezeit von zwei Stunden", sagte das freundliche Band. Da war noch Hoffnung. Allerdings tat sich nichts. Er legte auf. Nur eine Stunde später verkündete das Band resigniert, die Leitung sei überlastet und bald machte sich im Internet auf den Mobiltelefonen das hässliche Gerücht vom Hackerangriff breit. Währenddessen hatte unser juveniler IT-Manager herausgefunden, dass man sich als Telekomkunde eine kostenlose Day-Flat herunterladen konnte, mit der man sich wiederum einen Hotspot am PC einrichten kann. Sein Abend im Teamspeak war gerettet, was wir daran merkten, dass er nicht mehr alle fünf Minuten in den öffentlichen Bereichen der Wohnung auftauchte und hektisch rief: „Geht's wieder?!?!?"

Es ging nicht. Und die Nachrichten verkündeten im Auftrag der Telekom, dass man nur den Router neu starten müsse, dann würde sich von selbst eine neue Software aufspielen und alles wäre gut. Bei vielen Haushalten schien das zu klappen, nicht so bei uns, und so langsam machte ich mir Gedanken darüber, was im Äther so alles los ist, wenn Hacker eine Million Router lahmlegen können und sich Software durch Ziehen und Wiedereinstecken eines Steckers selbst aufspielt. Ich beschloss, nicht weiter darüber nachzudenken. Technische Dinge sind, wie gesagt, nicht meine Kernkompetenz.

Am Montagabend waren wir immer noch off. Das Telefon schwieg. Wie schön. Ich wollte auch einen Hotspot haben und mein gnädiger Sohn richtete mir einen ein. In den nächsten Stunden und am Dienstag verkündete die Telekom, sie habe das Problem im Griff. Fast alle Router seien wieder am Start. Nur wir nicht. Offenbar ein weiterer Spezialfall im Hause der Familie Schlitt. Mein Mann rief erneut die Störungsstelle an. Er hatte nur eine Minute Wartezeit. Gemeinsam mit einer kompetenten Dame am anderen Ende der Leitung rekonstruierte er das Problem Schritt für Schritt. Es stellte sich heraus, dass – vermutlich schon beim ersten Kabelziehen – zwei Anschlüsse vertauscht worden waren. Und auf einmal ging alles wieder. Wäre mir natürlich nie passiert, denn ich bin ja, wie gesagt, Userin.

Abi 2017

Zwischendurch was Geistreiches, dachte ich gerade. Denn zwischen Arbeiten, Haushalt und Vor-Ferien-Wahnsinn ist es SCHON WIEDER Freitagabend geworden. Freitagabend, nur vierzehn Tage später. Jedes Mal, wenn mir das auffällt, könnte ich darüber schreiben, wie die Zeit rast und wie schnell, wie unfassbar schnell alles vorbei ist, wie schnell ein Schuljahr um ist, und wie schnell der Wein immer leer ist und überhaupt...

Das dachte ich mir auch, als ich letzte Woche auf den Abiturveranstaltungen war. Zuallererst fiel mir natürlich mein eigener Abi-Ball ein: Ein Abend im Fuldaer Propsteihaus, mit Orchester, weil meine Freundin da mitspielte, mit einem kleinen, aber geistreichen Programm, falls ich mich recht erinnere, und ich als Moderatorin in einem Kleid von C&A für 45 Mark und ohne Hochsteckfrisur – trotz damals noch langer Haare. Das ging auch.

„Heute ist aber alles anders" – der gute alte Spruch, den auch wir immer schon bemüht haben, ist eines jener Überbleibsel aus allen Zeiten, zu allen Zeiten, für alle Zeiten. Ja, sicher, heute ist alles anders. Statt Pausenbrot kommt der Pizzablitz, die Döner-Buden bieten Schüler-Specials an, ein Smartphone gehört so gut wie in die Schultüte, die Austauschfahrten führen schon mal nach New York und Peking – da ist es kein Wunder, dass so ein Abi-Jahrgang Zigtausende von Euros in die Hand nimmt, um dieses – durchaus denkwürdige – Ereignis noch ein wenig denkwürdiger zu machen. Nicht selten auch in Form eines kleinen Schuldenhügels. Aber wir wollen ja nicht pienzig werden, denn natürlich ist es immer noch so, dass diesen Abiturveranstaltungen ein ganz wunderbarer Zauber innewohnt. (Der gute alte Hesse lässt grüßen! An dem kommt man ja an so einem Anlass kaum vorbei...)

Da ist dieses Gefühl von Freiheit, von allen Möglichkeiten, gepaart mit der Ahnung zumindest, dass dies die Theorie ist, denn selbst für alle Möglichkeiten muss man die Möglichkeiten haben! Fakt ist aber: Mit viel Glück liegt ein ganzes Leben vor einem, das man ganz bestimmt hier und da selbst bestimmen kann und unbedingt muss, und gleichzeitig hat man bis zum Abitur auch schon ganz schön was geschafft. Man darf also durchaus auch stolz sein und (sich) feiern (lassen).

Was aber soll das sein, was so als Nächstes vor einem liegt?! Schwierig, schwierig! Denn nicht nur die Abi-Garderobe der Damen ist heute zehn- bis zwanzigmal so teuer wie vor dreißig (Wein-Smiley) Jahren, auch die Vielfalt der Möglichkeiten hat sich seit damals vervielfacht, für mein Empfinden – denn ich kam aus Heubach, dem Dorf der sehr begrenzten Möglichkeiten – sogar mindestens vertausendfacht, verhunderttausendfacht! Und dennoch habe sogar ich es geschafft, nach dem Abi nicht zu wissen, was ich wollte. Daran musste ich denken, als ich vor kurzem unseren Erstgeborenen und Bald-Abiturienten mit strengem Blick nach seinen Plänen fragte. Eigentlich wusste ich schon seit der Mittelstufe, was ich machen wollte, aber als ich dann an der Uni saß und Sprachen studierte und realisierte, dass es mir dann passieren könnte, dass ich mein Leben lang Reden von Ronald Reagan würde übersetzen müssen, habe ich es mir schnell wieder anders überlegt. Wir Glücklichen damals – wir wussten ja noch nichts von Donald Trump. Schön, wenn sich eine Entscheidung so nachhaltig als gut herausstellt.

Warum ich Ihnen das alles erzähle und worauf ich hinauswill? Ich habe Angst, wie die Zeit rast. Jedes Mal, wenn ich auf einem Abiball bin, um von dort zu berichten, fühlt es sich an, als wäre das letzte Mal erst vor vier Wochen gewesen. Es macht „wusch" und schon ist wieder Abiball. Wo das Problem ist? Auf dem nächsten Abiball werde ich – mit ein wenig Glück – nicht zum Berichterstatten sein, sondern als Mutter. Und das ist unfassbar! Noch gefühlte vier Wochen, also noch vorm Urlaub eigentlich, und bevor das letzte Schuljahr meines Sohnes beginnt - „wusch".... Tja, dann fragt man sich natürlich erst recht, was die Zeit so bringt, wie unsere Kids das Erwachsensein meistern werden. (Mein Ansinnen, die Volljährigkeit wieder hochsetzen zu lassen, wurde leider abgeschmettert.) Wie sie in ihrer Zeit stehen werden, wie sie alldem gegenübertreten, was an Neuem, nicht immer Erfreulichem auf sie zukommen wird. Ich werde jetzt schon nicht müde, gute Wünsche zu sammeln und weiß, dass der Adressat daran naturgemäß nicht interessiert sein wird. (Gut, dann behalte ich natürlich auch das Forschungsergebnis der Website www.hilfreich.de für mich, die kundtut, dass die sexuelle Leistungsfähigkeit des Mannes zwischen 18 und 20 am höchsten ist...) Vielleicht sollte ich schon anfangen, mir einen kleinen Beruhigungsmittelvorrat anzulegen, denn wenn ich mir überlege, wie ich dieses Jahr auf den Feierlichkeiten schon ständig maximalgerührt war, dann weiß ich nicht, wie man als Mutter so einen Einschnitt überstehen soll.

Geht aber irgendwie, habe ich mir von anderen Müttern sagen lassen. Na, ich bin aber gespannt!

LÄSTEREIEN

Lästern macht frei

„Hast du schon gehört? Die Mona, ja die, die immer so supergestylt mit ihrem Mann durch die Stadt läuft, ihre Kinder im fetten Volvo von der Schule abholt und angeblich diesen Top-Home-Office-Job hat, die ist von ihrem Mann verlassen worden!" „Nee, echt jetzt? Woher weißt'n das?" „Von der Claudi. Die weiß ja so was immer als Erste." „Also, mich wundert das ja nicht!" „Warum denn nicht?" „Naja, weißt du, wenn alles immer so toll aussieht, dann ist doch klar, dass hintenrum was nicht stimmt!" „Ich hab' den auch schon so oft mit anderen Frauen gesehen und sie im Pilates mal angesprochen. Alles Geschäftspartnerinnen, hat sie gesagt." „Na, das sieht man ja jetzt, da ist die Verbindung wohl doch etwas enger geworden." „Also, es ist ja nicht so, dass ich es ihr gönnen würde oder so, aber mir war das gleich alles zu perfekt..." „Und die Claudi, weißt du, die hat ja wieder alles zugenommen, was sie sich mühsam abgequält hatte." „Das hätte ich ihr auch vorher sagen können, ist doch immer so." „Die trinkt aber auch jeden Abend ein Glas Wein und hat die Nüsschen dabeistehen – hat sie selbst gesagt." „Da kann das ja nichts werden..."

Kennen Sie solche Gespräche, vorzugsweise unter Frauen, vor der Schule oder dem Kindergarten, in der Kantine, am Abend bei einem kleinen Prosecco oder in der Damensauna? Ganz ehrlich. Geben Sie es ruhig zu! Lästern ist zwar jetzt nicht so die beste Eigenschaft von allen, aber so ab und an machen wir es doch alle gern, oder? Warum eigentlich, wo wir doch wissen, dass es sich eigentlich nicht gehört und obendrein mitunter noch selbst fürchten müssen, bei Abwesenheit vielleicht selbst Thema des Tratsches zu werden?

Es ist einfach schön, wenn man – gerne auch vorübergehend - eine gemeinsame Lieblingsfeindin hat, über die man herziehen kann. Die Gründe dafür können vielfältig sein. Am einfachsten und natürlich auch mit dem wenigsten Anflug von schlechtem Gewissen ist es, wenn die Person über die wir tratschen, wirklich blöd ist, bestenfalls noch bösartig. Gemeinsames Lästern stärkt die Gemeinschaft und rückt das daran beteiligte Grüppchen näher zusammen. Noch dazu in einem besseren Licht, denn natürlich sind wir im Recht und erhaben über das Objekt unseres Tratsches, und da wir uns gegenseitig so gut leiden können, sind wir sicher auch die besseren Menschen. Wie schön!

Kritiker des Lästerns behaupten zwar, dass in der Regel weniger hehre Beweggründe uns zum Tratsch verleiten, beispielsweise Neid oder Missgunst. Das mag vielleicht für andere zutreffen, für uns doch aber nicht, oder? Uns dient Lästern – wenn wir es denn überhaupt so nennen wollen – als Informationsaustausch. Man weiß halt gern, mit wem man es so zu tun hat und was in der Neubausiedlung, in der sich auch unser Reihenhaus befindet, so los ist.

Und wer sagt eigentlich, dass Frauen immer nur über andere Frauen lästern? Ein Vorurteil, genauso wie die oft gehörte Behauptung, dass es dieses Art von Informationsaustausch eher von Frauen gepflegt werde. Also, ich denke, Männer können das auch. Ich kannte da mal einen, der wusste immer alles über jeden, zum Beispiel, dass der Micha mit der Manu – am Arbeitsplatz wohlgemerkt! Und dass der Uli, ja DER Uli, aber das lassen wir jetzt...

Lästern kann man natürlich auch über verschiedene Themen. Eigentlich ist Kolumnenschreiben auch eine Facette davon. Und Lästern ist gesund – egal, was alle sagen: Wer lästert, baut Aggressionen ab und kann dadurch umso freundlicher sein; wer sich verbal und indirekt schon über bestimmte Personen und Sachverhalte ausgelassen hat, der kann mit einem Lächeln reagieren, wenn es ernst wird. Schließlich ist alles Notwendige ja bereits gesagt.

Und wenn nicht – dann gibt es neuen Stoff für die nächste Lästerrunde. Denn die kommt bestimmt. Vor der Schule oder dem Kindergarten, in der Kantine, am Abend bei einem kleinen Prosecco oder in der Damensauna...

Vutertag

Ich dachte ja immer, dass der Vatertag so ein nachgemachter Muttertag ist, im Kalender schnell dem Muttertag hinterhergeschoben, aus einer Mischung aus Bockigkeit und Will-ich-auch haben. Und dass Männer etwas haben wollen, das den Frauen vorbehalten ist, ist ja nun wirklich selten. Nun war der Vatertag – erstmals seit ich mich ernsthaft damit beschäftige – zeitlich vor dem Muttertag, und man hätte dieses seltene Ereignis, finde ich, durchaus nutzen sollen, um einmal die Rollen zu vertauschen:

Am Vatertag beispielsweise hätten die kleineren Kinder schon früh ihren lieben Erzeuger mit nettem Selbstgebasteltem aus dem Bett holen können, ihm ein selbstgebackenes Erdbeerherz unter die Nase halten sollen und ihm das schöne Gedicht „Wir wären nie gewaschen und meistens nicht gekämmt" aufsagen können – auch wenn er sicher nicht direkt verstanden hätte, warum...

Einschlägigen Interneteinträgen zufolge sähe der vom Muttertag inspirierte Vatertag dann so aus: „Am Vatertag kann der Vater sich entspannen, während seine Familie sich um die Vorbereitung des Essens und das Saubermachen kümmert. Er setzt sich an den gedeckten Frühstückstisch und lässt sich rundum verwöhnen!" Ich frage mich zwar gerade, wie ein Vater dann merken soll, dass Vatertag ist, wenn alles so ist wie immer, aber die Idee hat durchaus etwas Verlockendes. Denn der Vatertag wäre ja noch nicht zu Ende: Gegen Mittag beträten – wenn überhaupt – die älteren Kinder die Vatertagsbühne. Sie hätten einen überteuerten und – weil erst in der letzten Minute kurz vor Ladenschluss gekauft – zerfledderten Blumenstrauß in den ungewaschenen Händen, vielleicht auch ein teures, wirklich sehr teures Anti-Aging-Augenserum, nach dem man nur schnell gegriffen hatte, weil man dachte, so klein wie das ist, kann es ja nicht viel kosten. Das ist der Moment, in dem Teenager auch mal etwas Neues lernen.

Im Lauf des Vatertags würde dann der Vater oder wahlweise der Schwiegervater ins Haus schneien, die der Vater dann seinerseits mit Selbstgebackenem und kleinen Präsenten beehren müsste, bevor er dann – schließlich wäre der Vatertag nun fast zu Ende – die Reste des Tages zu beseitigen hätte: Dann muss Geschenkpapier entsorgt werden, die Spülmaschine eingeräumt, die Krümel weggekehrt und das Abendbrot für die Familie gemacht werden, die sich ihrerseits von den Verwöhnstrapazen des Vatertags erstmal erholen muss.

Dieses schöne Gedankenspiel hat natürlich zwei Seiten: Ein vom Vatertag inspirierter Muttertag würde für uns Frauen wirklich viel Neues bieten: Mit dem festen Vorsatz, bis zum Mittag nicht mehr nüchtern zu sein und dabei alle im letzten Jahr irgendwie eingesparten Kalorien wieder reinzuholen, würden wir uns mit einer johlenden Truppe Gleichgesinnter und einem mit rosa Blümchen geschmückten Bollerwagen auf den Weg machen – wohin auch immer. Darin köstlich belegte Lachs-Brötchen mit Ruccola und Prosecco statt Bier - man muss den Männern ja nicht alles nachmachen. Traditionell würden wir aber schon die Biergärten der Region anfahren, im Zweifel natürlich selbst grillen – falls eine von uns das Feuer anbekäme -, und ich denke, man könnte auch mal versuchen, dabei auf Salate zu verzichten. Klappt ja bei Männern angeblich auch. Ob wir uns allerdings, wie vorgestern am Vatertag zu beobachten war, auch allesamt nebeneinander an den Waldrand oder hinter ein parkendes Auto hocken würden um öffentlich und im Kollektiv Platz für neuen Prosecco zu schaffen, bezweifle ich. Irgendwo hört's dann doch auf. Und das täte es besser auch beim Originalvatertag. Aber das nur am Rande.

Deutschland scheint übrigens weltweit das einzige Land zu sein, in dem die Männer am Vatertag den starken Zwang verspüren auszubrechen und ihre Ketten für einen Tag lang zu sprengen! Warum das so ist? Keine Ahnung – ich gehöre ja zu der glücklichen Bastel- und Kuchenfraktion, zu den Original-Muttertaglerinnen, demjenigen Teil der Menschheit, der so frei ist, dass er nicht mal an seinem ureigenen Tag ausbrechen muss. Kein Wunder, dass die Männer darauf neidisch sind!

Spielerfrisuren (EM, Sommer 2016)

Endlich wieder Fußball! Endlich wieder Zeit, sich lästernderweise und fernab jeglichen sportlichen Wissens als Fußball-Expertin zu betätigen. Schließlich gibt es – auch aus weiblicher Sicht – allerhand zu sagen. Zum Beispiel über die Frisuren der belgischen Kicker. Hat die jemand von Ihnen gesehen? Nein? Also, die sind gelb.

Als ich mich vor wenigen Tagen so ein bisschen gelangweilt in das Spiel Belgien gegen Italien zappte, dachte ich schon, unser Fernseher hätte pünktlich zur EM den Geist aufgegeben. Da waren so viele gelbe, wackelige Punkte auf dem Bildschirm. Ich stellte meinen Blick scharf und war für einen Moment beruhigt: Der Spieler hatte nur eine gelbe Mütze auf. Aber warum? Ich stellte schärfer und stellte fest: Das waren Haare. Der Belgier Marouane Fellaini hat sich extra zur EM seinen Wuschelkopf gelb gefärbt. Aus geheimen Quellen wird gemunkelt, dass es sich bei ihm wie bei dem Lockenschopf seines Mannschaftskollegen Axel Witsel um eine Variation des berühmten Paul-Breitner-Gedächtnis-Afros handelt – ob das den Belgiern allerdings was nützen wird, darf bezweifelt werden. Und das mit dem Gelb ist ja auch eher Geschmacksache.

Bei den Belgiern allerdings nicht, da gehört die gelbe Haarpracht zum Gesamtoutfit: Radja Nainggolan sticht durch seinen gelben Irokesen hervor, und Batshuayi Michy hat seinen Dreadlocks gelbe Spitzen verpasst, was offenbar auch einige Spieler anderer Teams inspiriert hat: Der Franzose Kingsley Coman und der Österreicher David Alaba tragen ebenfalls Gelb in den Spitzen. Vielleicht sollen die gelben Zeichen diskret das Anspiel erleichtern, vielleicht war es auch nur eine blöde Wette, wer weiß das schon genau. Vielleicht auch einfach nur dieselben Fehlgriffe in einen Farbtopf, der eigentlich nur zur Ausbesserung der Bandenwerbung der Post am Spielfeldrand stand. Neben diesen etwas gelbstichigen Varianten sieht man auf dem Spielfeld ansonsten gerne Man Buns – das sind Männer-Dutts, die Frisuren also, die auf Männerköpfen so aussehen wie ein zugebundener Müllbeutel -, des Weiteren Pferdeschwänze, viele schüttere Häupter und vollständige Glatzen. Sogar eine Vokuhila-Frisur wurde schon gesehen; der kroatische

Fußballspieler Luka Modric trägt sie, dabei wissen wir doch alle: Es gibt nur ein' Rudi Völler....

Schnurrbart fiel mir bisher übrigens nicht auf – den kann außer Rudi Völler sowieso keiner tragen, und wenn ich sage keiner, dann meine ich auch keiner, denn Rudi Völler kann ihn eigentlich auch nicht tragen. Vollbart derzeit schon, wie wir wissen. Ein besonders schönes Beispiel bietet hier James Collins, der walisische Innenverteidiger, mit seinem flammendroten Soßenstopper, den kein einziges Haupthaar stört und der von zahllosen Sommersprossen liebevoll umsprenkelt ist. Auch sein Teamkollege Joe Ledley trägt einen der wallendsten Bärte dieser EM. Zwei echte Typen, kann ich Ihnen sagen!

Ist Ihnen was aufgefallen? In dieser Liste ist kein einziger deutscher Spieler zu finden. Einzig Jérôme Boateng, mein Lieblingsnachbar, tut sich mit einer interessanten Rasurfrisur hervor – man darf bei der heutigen Haarmode allerorten zur Erklärung dazu sagen, auf dem Kopf -, bei allen anderen herrscht gähnende Langeweile. Außer beim Trainer natürlich. Der hat zwar im Moment wegen seiner gekonnten Taschenbillard-Einlage die Lacher auf seiner Seite, aber Schwamm drüber. Er ist einfach der bestaussehende Trainer der EM und er hat so eine, so eine schöne Frisur. Seinerzeit soll ja sogar das Lied „Du hast die Haare schön" eigens für ihn geschrieben worden sein. Und vielleicht sind ja die deutschen Spieler zumindest frisurentechnisch weitestgehend unscheinbar geblieben, um ihrem Häuptling Jogi Nivea Man einfach mal diesen Teil des heiligen Rasens komplett zu überlassen. Ich könnte es verstehen. Obwohl Jogi das natürlich nicht nötig hätte. Schließlich ist er in seinen körperbetonten Hemden, gutsitzenden schwarzen Pullis und perfekten Anzügen der Inbegriff von Eleganz am Spielfeldrand, wie schon der Designer Michael Michalsky neidlos zugeben musste: „Wenn die Nationalmannschaft so spielt, wie er sich kleidet, dann müssten wir die EM gewinnen."

Ich bleibe für Sie am Ball! Traudi Oliver Oliver Matthias Mehmet Schlitt

Fußball-Hotties (EM, 2. Juli 2016, Deutschland-Italien: 6:5)

Eigentlich wollte ich ja schon meine erste EM-Kolumne den Spielerfrauen widmen. Doch dann war ich beim Googeln an den Frisuren der Spieler hängengeblieben. Nun wollte ich es erneut probieren und mich an Victoria Beckham, der „Mutter aller Spielerfrauen", Ann-Kathrin Brömmel oder Montana Yorke abarbeiten. Ich wollte mich fragen, ob „Spielerfrau" inzwischen ein richtiger, sozialversicherungspflichtiger Beruf ist oder ob man dazu noch Model oder Designerin sein muss. Ich wollte mich – zugegeben ein klein wenig neidisch – darüber echauffieren, wie Cathy Hummels topgestylt vor den Augen der GALA-Fotografen shoppend durch Paris flaniert und allen Ernstes behauptet: „Ich arbeite hier". In alter Emanzentradition wollte ich mich über die allgegenwärtigen Rankings der „heißesten Spielerfrauen" aufregen und fragen, ob jemals sich schon irgendwer Gedanken über die körperlichen Vorzüge der Spielerinnenmänner gemacht hat, von denen man nur annehmen kann, dass es sie gibt, denn kaum eines dieser seltenen Exemplare wurde je gesichtet. Alles was ich bei meinen Recherchen feststellte, war, dass es sich bei Spielerfrauen heute nicht mehr um Spielerfrauen handelt, sondern um „WAGs"; Wives And Girlfriends. Und damit war eigentlich auch schon alles gesagt. Zumindest zu den Frauen. Denn die kommen in diesem Jahr – außer in den einschlägigen Boulevardblättern – irgendwie gar nicht vor. Und wissen Sie, warum nicht?! Der Glamour findet auf dem Platz statt!

Denn die Jungs sind in diesem Jahr viel, also wirklich viel interessanter! Nicht nur, dass sie alle Fußball spielen können, nein, die Männer haben in diesem Jahr nämlich beschlossen, dass sie selbst die Hotties des Turniers sind. Wie anders könnte man es sich erklären, dass die Frauen – jedweden Alters, wie mir scheint – sich völlig hemmungslos über die optische Erscheinung der Fußballer austauschen, während von ihnen völlig unbeachtet die Bälle in die Tore fliegen? Der Fußballplatz als Frauenparadies. Wer hätte das zu Zeiten von Gerd Müller und Günter Netzer für möglich gehalten?

„Schweiß, Schwalben, Sexappeal", titelt die BILD und spricht gar von „archaischer Rasen-Erotik". Ich hätt's nicht schöner sagen können. Und wenn man sich die Jungs mal unter diesem Aspekt anschaut, dann macht eigentlich jedes Spiel Spaß, denn alle Mannschaften haben ziemliche Hotties am Start. Da ist der ewige Schönling Ronaldo, der sympathische IKEA-Typ Oscar Hiljemark oder der markante Gianluigi Buffon für die reifere Zuschauerinnengeneration, die schon mehr auf Ecken und Kanten als auf goldig und glattrasiert steht. Für diejenigen unter uns, die so die Durchgeknallten gutfinden, empfiehlt sich Zlatan Ibhramiović, dessen eigene Duftkreation übrigens vor dem Stadion verteilt wurde. Wenn das nix hilft, Männer! Selbst das Handelsblatt widmet dem „Style der Stars bei der Fußball-EM" eine ganze Seite und bezeichnet – etwas seriöser als die BILD – die Europameisterschaft als das „größte Fotoshooting der Männerwelt." Auch nicht schlecht. Kleiner Hinweis: Sehr lohnend ist ein Blick auf die Bilder-Galerie des Spaniers Sergio Ramos! Ja, liebe Männer, da können Sie auch mal schauen!

Wir Damen können je nach Geschmackslage zwischen den kernigen, meist bärtigen Nordmännern und den maximal gestylten Südeuropäern unsere Favoriten wählen oder selbstverständlich auch einen Blick auf die deutsche Mannschaft werfen. Das Gute liegt ja meist so nah. Eine Umfrage nach dem attraktivsten Spieler ergab, dass es sich hierbei unangefochten um Mats Hummels handelt. Besonders Damen im Alter von 18 bis 30 stehen auf ihn. Ich auch, was ja so allerhand über mein gefühltes Alter aussagt. Ab 46 mögen die Frauen lieber Manuel Neuer, was sich in einer Blitzumfrage während des letzten Deutschlandspiels nur teilweise bestätigt hat.

Und während ich so googelte, bin ich auch auf die besten Schönheitstipps der Jungs gestoßen. Habe ich aber leider verblättert und nicht wiederfinden können. Vielleicht bis zum nächsten Mal, aber da ist dann ja die EM schon Geschichte.

Und heute Abend? 3:0. Für uns! Viel Spaß dabei!

Ausputzer

An dieser Stelle sind Sie es gewohnt, jeden Samstag maßgebliche Beiträge von gesellschaftspolitischer Relevanz zu lesen. Auch heute widme ich mich – mit den letzten Ausläufern der EM – einem Thema, das uns alle tagtäglich betrifft: dem Klopapier. Klopapier ist wichtig, das wissen wir ja alle, die wir schon mal auf dem Örtchen saßen und grade keins hatten. Klopapier ist aber auch ein Tummelplatz für Klopapier-Designer und Wortakrobaten, die sich nach Lust und Laune dort austoben können und das auch tun, obwohl alles, was sie sich ausdenken, letztendlich für den A....llerwertesten ist. Das nenne ich Resilienz – zu wissen, dass die Früchte meiner Arbeit im Klo landen und dennoch unverdrossen dran bleiben. Obwohl – das tue ich ja letztendlich auch ständig: Als Schreiberin landen die meisten meiner Sachen im Altpapier, und mit dem Thema gemeinsam haben sie, dass ganz früher die Zeitungsseiten gerne zur Zweitnutzung auf der Ablage vom Plumpsklo ausgelegt wurden...

Zu dieser Kolumne inspiriert hat mich der Fund eines EM-Klopapiers in einem hiesigen Supermarkt. „Ausputzer" hieß es, seine Verpackung war verziert mit der Deutschen Flagge, und ich bin mir immer noch nicht ganz schlüssig, ob das jetzt besonders nationalistisch ist oder das Gegenteil davon. Auf jeden Fall war ich, wie immer bei so tollen Marketing-Gags, auch ein wenig neidisch auf diesen Einfall, wenngleich mir die Bezeichnung „Ausputzer" so ein kleines bisschen aggro erschien. Daneben lag gottseidank die etwas freundlichere Klopapier-Ausgabe „Happy End". Da griff ich dann doch beherzt zu. Inzwischen haben wir noch letzte Reste von Klopapier mit aufgezeichnetem Tor und Spielverlauf auf dem Örtchen liegen, aber auch das wird bald aufgebraucht sein. Dann kann ich mich endlich wieder voll auf Motive wie kleine Hündchen oder goldige Delfine konzentrieren und frage mich dennoch, was die unschuldigen Tiere ursächlich mit dieser Art Papier zu tun haben.

Da ist es eine willkommene Abwechslung, dass die einschlägigen Toilettenpapierlieferanten hin und wieder auch Sonderausgaben herausgeben – und zwar nicht nur mit speziellem Muster, sondern auch mit speziellem Duft. Besonders engagiert ist in dieser

Hinsicht der Marktführer mit den vier Buchstaben. Bei ihm kann man sich beispielsweise mit der „Sonderedition Zarte Blütenpracht den Frühling ins Badezimmer holen" oder sich mit „vier goldschimmernden Lagen und dem Hauch von verwöhnender Mandelmilch-Lotion" so manche Sitzung verschönern. Kein Wunder, dass da viele andere Hersteller nachziehen. „Indian Summer" beispielsweise wird bald schon wieder einen herbstlich-frischen Duft hinterlassen, wo es sonst nicht so.... Und zu Weihnachten gehen die einen oder anderen Anbieter natürlich mit Nikolaus-Klopapier und Spekulatiusduft an den Start. Wahrscheinlich für den Fall, dass man seine Plätzchen dann doch nicht mit aufs Örtchen nehmen will...

Unnötig zu sagen, dass man auf die wildesten Motive stößt, wenn man sich erstmal der Recherche hingegeben hat: massenhaft Geburtstagsmotive, Geldscheine, Herzchen, Stacheldraht, Sudoku, WC-Witze, Sinnsprüche – sogar „Klopapier für echte Männer" habe ich gefunden. Was das kann? Naja, das Übliche wohl. Es ist schwarz – das macht es wahrscheinlich männlich – und verkauft wird es mit dem Hinweis „farbecht bei bestimmungsgemäßem Gebrauch".

Zum Abschluss dieses hoffentlich überaus interessanten Ausflugs in eine zu Unrecht so vernachlässigte Domäne noch ein richtiges Highlight für fortgeschrittene Nutzerinnen und Nutzer mit klitzekleinem Hang zur Dekadenz: Ein bayrischer Hersteller bietet für besondere Anlässe 110 Blatt „Edel-Tissue" mit 24-Karat-Echtgoldprägung eines beliebigen Motivs für den besonders anspruchsvollen Hintern an. Die in Handarbeit gefertigte Rolle wird nach der Veredelung mit Goldband umfasst und in einer mit Swarowski-Kristallen verzierten Designer-Dose und natürlich mit Echtheitszertifikat versendet und kostet 178,50.

Ich denke, ich bin dann doch mehr so der Ausputzer-Typ.

Auf keinen Fall

„Mama, kann ich die Stifte? Bitte!" Diese Frage hörte ich jüngst in der Schreibwarenabteilung des ortsansässigen Kaufhauses. Hand aufs Herz: Wem kommt dieser Satz vollständig vor? Allen unter zwanzig vermutlich, aber Ihnen, liebe Leserinnen und Leser, doch wohl hoffentlich nicht, oder? Da fehlt doch was!

Wenn bei uns zuhause jemand unter 17 am Abendbrottisch sagt „Darf ich mal die Wurst?", dann wissen wir Alten zwar, was gemeint ist, aber wir tun so, als wüssten wir es nicht. Wir legen – trotz einiger Widrigkeiten – Wert auf vollständige Sätze. „Was? Anschauen? Wegwerfen? Dem Hund geben?" Manchmal bekommen wir dann zur Antwort „Die Wurst", was uns natürlich nicht zufrieden stellt. Manchmal sind wir kurz davor, uns zu ergeben, aber noch sind wir hart.

Fest steht: Die deutsche Sprache wird irgendwie immer reduzierter – wir gönnen uns nicht mal mehr die Verben. (Und wenn doch, dann sparen wir uns die Konjugation: „Der tut mich dauernd ärgern!") Deutschland spart, wo es kann, sollte man meinen. Und wenn wir Deutsche sparen, dann richtig. Neben den Verben sparen wir gerne auch am Genitiv – das stellte ja schon der von mir sehr verehrte und manchmal schon um Rat gebetene Bastian Sick in seinem Grammatik-Klassiker „Der Dativ ist dem Genitiv sein Tod" fest. Aber nun, man höre und staune, ist auch der Dativ selbst in Gefahr. So antworten heute etwa 99% aller Schülerinnen und Schüler (leider aller Schulformen) auf die Frage „Bei wem hast du denn Mathe?" „Bei Herr Müller." Tja, ich sag' nur „Servus, Dativ! War schön mit dir!" Und den Akkusativ verabschieden wir gleich mit: „Und wen habt ihr in Deutsch?" „Auch Herr Müller." Herr Müller könnte seine Sache besser machen, finde ich und gehe allen Jugendlichen in meinem Umfeld mit meinen penetranten Korrekturvorschlägen auf die Nerven. Die lächeln gnädig zurück: „Hab' keine Zeit – muss zu Deutsch – du weißt schon, bei Herr Müller!" Nicht mal die sonst so übergenaue und mitunter auch in Grammatik versierte Word-Autokorrektur hat hier was zu beanstanden. Woher sollten es die Jugendlichen also wissen? Von Herrn Müller vielleicht?

Immer häufiger sparen wir uns auch – vermutlich weil es sich so lässig-amerikanisch anhört – das Reflexivpronomen bei „sich erinnern". Wir erinnern uns nicht mehr an die schönen Tage unserer Kindheit, sondern wir erinnern sie nur noch. Do you remember? Ganz besonders Sprachverliebte bedienten sich einstmals sogar des Genitivs, wenn sie sich erinnerten: „Ich werde mich deiner stets in Liebe erinnern." Damit ist bestimmt der Genitiv gemeint, der in nicht allzu ferner Zukunft mit Dativ, Akkusativ, den Reflexivpronomen und den Konjugationen sein Dasein in veralteten Grammatikbüchern fristen wird.

Andererseits sind wir aber auch großzügiger geworden – für jedes Verb, jeden Dativ, jeden Akkusativ und jedes Pronomen, das wir uns sparen, gönnen wir uns einen kleinen Apostroph! Wohl bekomm's! Hier mag er noch richtig sein, und bei den vielen „Viola's Friseurstube", „Ali's Imbiss" und „Gerda's Nähwerkstatt" noch geradeso als Eigenname durchgehen, aber bei „Morgen's gebracht, abend's gemacht" oder bei „stet's und ständig" hört der Spaß auf. Sogar bei der Autokorrektur.

Und warum erzähle ich Ihnen das alles? Heute ist der „Tag der deutschen Sprache". Nicht etwa, dass ich fehlerfrei schriebe (ein Blick in mein Buch verrät mich) oder gar spräche (schließlich bin ich selbst mit dem Fuldaer Akkusativ aufgewachsen: Fragt der Lehrer: „Traudi, kennst du den Fuldaer Akkusativ?". Antwortet Traudi: „Ja, der kenn' ich!"), aber ich hänge irgendwie doch an unserem schönen Idiom, mit all seinen Fallstricken und noch mehr Finessen. Und ich möchte nicht irgendwann Smiley-Plaketten hochhalten müssen, weil wir uns die Feinheiten sparen und wir unserem Gegenüber unsere Gemütszustände nicht mehr mitteilen können, und wenn doch, er sie nicht versteht.

So wünsche ich zum heutigen „Tag der deutschen Sprache" derselben alles, alles Gute! Und Herrn Müller und seinen Kolleginnen und Kollegen auch.

Berufsberatung (Dschungelcamp 2016)

Eigentlich soll man ja nicht lästern, besonders nicht über Dinge, mit denen man sich erwiesenermaßen nicht auskennt. Aber man kommt medial gesehen ja nicht drum herum, um die freundlichen Damen und Herren, die beschlossen haben, das Jahr gemeinsam mit so leckeren Kleinigkeiten wie Kakerlaken und Tiergenitalien zu beginnen, mit Zickenalarm und Machogehabe, um die halbe Nation, die daheim gemütlich bei ihren Chipstüten und Dosenbier auf der Couch vor der Mattscheibe mitfiebert, adäquat zu unterhalten. Und ich glaube, die Damen und Herren Minimalpromis stehen auch eigentlich ziemlich auf Lästern.

Ehrlich gesagt, habe ich noch keine einzige Folge vom Dschungelcamp gesehen und habe es auch nicht vor, aber die Häufigkeit der Berichterstattung in seriösen Tageszeitungen und im Radio lässt vermuten, dass es sich bei dem Dschungelcamp um ein Ereignis von nationaler Bedeutung handelt, und so ging ich diesem mal ein wenig nach – und zwar mit einem ganz speziellen Anliegen:

Ich habe ja drei Jugendliche zuhause sitzen, die sich in den nächsten Jahren mit ihrer Berufswahl auseinandersetzen müssen. Und da bisher bei der örtlichen Berufsberatung offenbar nichts Brauchbares herausgekommen ist, wurde ich aufmerksam, als ich die mir bisher weitgehend unbekannten Berufe der Y- bis Z-Promis anschaute. In diesem Jahr sind bzw. waren dabei: eine Ex-Hollywood-Schauspielerin und Ex-Hollywood-Schauspieler-Ex-Gattin, ein Ex-Big-Brother-Container-Bewohner, eine „Fernsehanwältin der Armen", die gar keine Anwältin ist, eine Ex-Heidekönigin und Gewohnheitsblondine, ein ewiger DSDS-Teilnehmer, ein Ex-Germany's-Top-Model, ein Ex-Cindy-Crawford-Begleiter, ein Ex-Zweitbester-Rock'n'Roll-Tänzer-Berlins und eine Bordell-Betreiber-Ehefrau mit beachtlichen körperlichen Vorzügen. Im Jahr davor waren noch Ex-Bachelor-Finalisten, Ex-Topmodel-Juroren und Ex-Boygroup-Mitglieder vertreten.

Ziemlich viele Exe, wie es scheint, nur die Bordellbesitzerehefrau ist noch aktuell, was nicht heißt, dass sie nicht vielleicht auch gerne eine Ex-Ehefrau wäre, aber da schließe ich wohl von mir auf andere, vielleicht bin ich auch nur spießig. Jedenfalls finde ich es ganz erstaunlich, womit manche Leute ihr Geld verdienen, und das nicht mal wenig. Die Gage, die sich die hier aufgezählten Ex-Promis in den zwei Ekel-Wochen verdienen können, fängt bei schlappen 40.000 Euro an (die bekommt die letztgenannte Dame, aber die hat ja auch einen gutverdienenden Ehemann) und geht bis 220.000 Euro (die bekommt die Ex-Hollywood-Schauspieler-Ex-Gattin, und die wird sie wohl auch brauchen, schließlich ist sie schon zum zweiten Mal im Camp). Ob die beiden älteren Herren Gunter Gabriel und Rolf Zacher ihr volles Honorar von 195.000 bzw. 185.000 Euro einstreichen können, weiß ich nicht. Schließlich ist Ersterer ja freiwillig gegangen und Letzterer wurde vom Camp-Arzt Dr. Bob, der – man hätte es sich denken können – natürlich kein echter Arzt ist, sondern ein Maskenbildner und Spezial-effektkünstler mit Notfallausbildung, aus gesundheitlichen Gründen aussortiert. Handelt es sich bei Dr. Bob am Ende um denselben, der in den 70er-Jahren, assistiert von Miss Piggy und der hinreißenden Schwester Janice, im OP der Muppet Show praktizierte und jetzt seinen Promi-Status ein wenig aufmöbeln will? Vermutlich hat er auch nicht genug in die Künstlersozialkasse eingezahlt. Wer weiß, wer weiß...

Bei genauem Hinsehen also alles ziemlich viele falsche Fuffziger und mehr oder weniger Erfolglose, und je mehr ich darüber nachdenke, beschleichen mich doch so meine Zweifel, ob Big-Brother-Container-Bewohner, Fake-Arzt oder Bachelorette-Kandidat für meine Jungs erstrebenswerte Berufe wären. Ich weiß auch gar nicht, wo man sich dazu ausbilden lassen könnte. Vielleicht bei der RTL-Berufsakademie?! Und wenn ich mir die Frauenberufe so ansehe, bin ich froh, dass ich dem Arbeitsmarkt keine Mädchen zur Verfügung stellen muss... Blieben noch die beiden Moderatoren übrig, bei denen ich aber auch Bedenken habe, ob die jahrelange Beschäftigung mit minderbemittelten Mikro-Promis nicht vielleicht doch bleibende Schäden hinterlassen haben. Ich meine, Dirk Bach ist ja dann doch sehr früh verblichen...

Also, dann vielleicht lieber nochmal bei den Spießerberufen schauen. Sind ja eigentlich gar nicht so schlecht!

Glucksnummer

Tja, liebe Leserinnen und Leser, wer weiß, wie lange Sie hier noch mit mir zu tun haben werden. Ich habe nämlich Angebote. Und zwar aus aller Welt. Gerade gestern wieder hat mir Herr Li Xiung geschrieben: „Grüße dich. Ich habe einen Deal, dass die Übertragung der Hinterlegung von Fonds umfasst in Höhe von $ 37,3 Mio. (siebenunddreißig Millionen, dreihunderttausend US-Dollar) und Ihnen als der Empfänger ist risikofrei. Bitte kontaktieren Sie mich auf meine private E-Mail unten für alle Fragen und Klärung." 37,3 Mio. $! Also, ich denke, ich sollte mich mal mit Mr Xiung in Verbindung setzen, zumal er mir schon mehrfach Avancen gemacht hat! Er meint es sicher ernst mit mir. Und bevor er sich an jemand anderen wendet...

Überhaupt bin ich regelrecht vom Glück verfolgt, eine Auserwählte sozusagen, denn vor kurzem hat mir sogar Warren Buffet geschrieben. Warren Buffet! Er ist einer der reichsten Männer der Welt und hat eine Schenkung für mich, von der ich nicht nur ich, sondern meine ganze Familie und sogar die Kommune profitieren soll. Ja, da staunen Sie, Herr Bürgermeister, falls Sie das lesen, stimmt's?! Ich muss nur auf seine Mail antworten und schon kann's losgehen und Alsfeld und ich werden reich sein! Warum die Mail allerdings von Alfonso Tartaglia aus Italien kommt, frage ich mal nicht. Bestimmt ein Strohmann, damit das alles nicht so öffentlich wird. Sie wissen ja, einem geschenkten Gaul...

Des Weiteren erhielt ich die Tage einen ganz exklusiven Auftrag, der großes Vertrauen in mich voraussetzt – natürlich völlig zur Recht. Aber woher weiß das Mrs Elizabeth Sand Mohaman, Witwe des früheren Finanzministers der Elfenbeinküste? Keine Ahnung, jedenfalls vertraut sie mir 5.500.000 Millionen Euro an. Wie viel ist das eigentlich?! Egal, jedenfalls soll ich dieses Geld für eine Aufwandsentschädigung von 25% dieser Summe verwalten und wohltätigen Zwecken zugutekommen lassen. Auch nicht schlecht, oder? Das zusammen mit dem Geld von Herrn Buffet und Herrn Xiung, da hätte ich aber schon ganz schön ausgesorgt.

Zusammen mit dem Gewinn, den ich nun kürzlich noch in Spanien erzielt habe, wäre ich durchaus imstand, dem einen oder anderen von Ihnen auch mal unter die Arme zu greifen – im Rahmen meiner

Möglichkeiten, versteht sich. Von offizieller Stelle erhielt ich die Benachrichtigung, dass ich 935.470 Euro gewonnen habe. „Ihr e-mail wurde auf dem los mit dir nummer:(723-154-27576) und mit der seriennummer: {52136} registried. Die glucksnummer: (03) (07) haben in der zweitens kategorie gewonnen." Ich kann mich zwar nicht erinnern, wo mitgemacht zu haben, aber ist das nicht toll?! Und das Schönste: Die Firma sitzt direkt am Sitz des Präsidenten, seriöser geht es doch kaum, oder? Man hört ja heute so viel über Internetkriminalität und Abzocke, aber bitte, wo soll denn die Ehrlichkeit sitzen, wenn nicht bei dem Präsidenten persönlich?! Nur bitte verraten Sie es niemandem, denn auch hier ist Diskretion das Ein und Alles: „...bitten wir sie diese offizielle mitteilung, diskret zu behandelnes ist ein teil unseres sicherheitsprotokolls und garantiet ihnen einen reibunglosen Ablauf."

Und da kann ich es mir auch leisten, mal ein Angebot auszuschlagen. So hat mir Ms Zhang Tengwen dann doch einen sehr zweifelhaften Deal vorgeschlagen. Sie will mit meiner Hilfe Geld außer Landes schaffen und braucht dazu einen ausländischen Geschäftspartner. Tja, Ms Tengwen, dazu kann ich nur sagen: Für schlappe 18,5 Mio. $ mache ich mir die Hände sicher nicht schmutzig. Da können Sie sich gerne jemand anderen suchen.

Also, ich denke, wenn sich diese Angebote in Kürze bewahrheiten, kann ich es mir auch leisten, die Folgeangebote in Zukunft an Sie weiterzuleiten, damit Sie auch davon profitieren können. Sagen Sie mir einfach kurz Ihre Mail-Adresse, ich mache Sie dann gerne mit meinen neuen, vertrauenswürdigen Geschäftspartner Li Xiung, Warren Buffet, Dr. Diego Perez und Zhang Tengwen bekannt.

Speicherprobleme

Es war Ostern. Und wie immer an solchen Feiertagen bekomme ich massive Probleme mit meinem Speicherplatz. Und mit dem meines Handys. Mein Speicherplatz wird zum einen mit Terminen aller Art, an die man denken muss, auch wenn man sie absagen will, beansprucht. Verabredungen, Einladungen, Kirchgänge, Kindertermine – im Frühling häuft sich einfach alles. Es ist schier unglaublich, wie viele Menschen im April und im Mai Geburtstag haben! Da sieht man diese heißen Vogelsberger Augustnächte doch gleich nochmal in einem anderen Licht!

Neben dem geistigen Speicherplatz gerät auch der physische Speicherplatz an seine Grenzen, denkt man an die ganzen Rüblikuchen, Osterlämmer in jedweder Form, die Eiersalate und Lachsfrühstücke und natürlich an die vielen Osterhasen und Schokoeier, die sich wie von selbst ansammeln und sich im Besonderen mir immer wieder ganz furchtbar aufdrängen. Was über die Feiertage so an Essbarem über die privaten Esstische geht und aus den Küchen der Gastronomie kommt, ist allerdings nichts, wirklich nichts, im Vergleich zu dem, was in diesen Tagen so durch den Äther wabert.

Denn kaum naht irgendein Event oder ein Feiertag, seien es religiöse Anlässe wie Ostern und Weihnachten oder weltliche Feiern wie Neujahr, Valentinstag oder Muttertag, geht es los, das Bombardement mit vermeintlich witzigen Clips, die unbedingt in die Welt müssen. Von rührselig bis abartig ist bei den Filmchen, Bildchen und Animatiönchen, die man da so ungefragt und wiederholt geschickt bekommt, alles dabei. Und alle, die auch mich immer mit solchen Dingen bedenken, müssen jetzt ganz stark sein: Ich will sie nicht! Ich will keine Schlümpfe, die mir mit komischer Stimme Essvorschriften machen, keine Häschen, die Hoppel-Hoppel-Hoppel mit großen Augen Ostereier bemalen und meinen Speicherplatz zumüllen, eigentlich will ich auch keine bekifften Osterhasen in SM-Outfit sehen, selbst wenn die Aussage „Irgendwas stimmt mit Hasi nicht" ein kleines bisschen, ein ganz kleines bisschen was Anarchistisches hat.

Mir graut jetzt schon vor Muttertag, wenn wieder diese ganze weichgespülte Rosensülze über die Handys schwappt. Ja, ich weiß, was Mütter leisten, ich bin ja schließlich selbst eine, aber diese Kitschattacken mit Pseudomessage gehen mir tierisch auf den Geist. Und ganz ehrlich: Tiervideos von putzigen kleinen Vögelchen, die mit einem Kater schmusen, oder von Hundchen, die die nicht baden wollen und deshalb noch blöder aus der Wäsche schauen als ihre Herrchen oder Frauen, mag ich auch nicht. So. Jetzt ist das auch mal gesagt.

Und je mehr ich darüber nachdenke, was das alles soll, umso mehr mache ich mir Gedanken um den Zustand der Welt. Zum einen frage ich mich, wie das mit dem Datenmüll ist, der damit Sekunde für Sekunde in Form von Milliarden von Gigabytes (schätze ich zumindest) durch das WorldWideWeb und damit ja wohl irgendwie auch durch die Atmosphäre geistert. Unnütz wohlgemerkt! Blockiert der die Übermittlung wichtiger Dinge? Macht er das Internet langsam? Ist er gar schädlich für Mensch und Tier, also jetzt nicht intellektuell, sondern auch gesundheitlich? Die andere Frage ist die, wer den ganzen Scheiß produziert?! Wer um Himmels Willen sitzt in seiner vermutlich abgedunkelten, von Pizzakartons zugemüllten Bude und animiert Schlümpfe, Osterhasen, Pinguine und sonstwas? Wenn man „Schlumpffilmchen" googelt, findet man heute 45.700 Ergebnisse! Ehrlich! Da ist es nicht weit bis zu der Frage, wer am Ende davon profitiert? Die unheimliche Daten- und Werbemafia vielleicht? Oder diejenigen, die froh sind, dass die Hirne und Hände der Versender und Leser sich mit blödem virtuellem Kram beschäftigen und nicht mit dem, was um sie herum passiert? Wäre es nicht viel sinnvoller, man würde anstelle von Welpen-Clips lieber etwas für das Bewusstsein der Weltbevölkerung tun?!

Clips von einem animierten Trump, der gerade der Freiheitsstatur in den Schritt greift, gehen viel zu selten um die Welt, ebenso von Erdogan, Putin oder von Kim Jong-un. Wenn schon jemand lächerlich gemacht werden soll, dann doch zumindest die, die es verdient haben. Liebe Programmierer, Animierer, Späßchen-macher, setzt doch den Damen und Herren in der Politik weiße, kondomähnliche Mützen auf und gebt ihnen komische Stimmen, mit denen sie am besten genau das sagen, was sie sonst auch sagen. Von mir aus auch hoppelnd und mit komischen Ohren (passend zu komischen Haaren und viereckigen Köpfen). Hätte man damit nicht vielleicht genug zu tun und um die Welt zu schicken? Und zum Lachen wäre das trotz aller Bitterkeit auch.

Und übrigens, es gibt ein paar Whatsapp-Filmchen, die mich mitten im grauen Alltag zum Lachen bringen und die ich auch schon geteilt habe und nicht sofort von meinem Handy entferne. Aber dabei war noch nie, wirklich noch kein einziges Mal ein Schlumpf.

Frauen

Männerwelten

Endlich sind sie wieder um, diese schrecklichen kurzen Wochen mit ihren vielen Feier- und Brückentagen, die einen ständig aus dem Trott holen, zum Schlendrian verführen und gähnende Langeweile zur Folge haben. Die Kinder zuhause, der Ehemann auch, wie soll man denn da zu irgendwas kommen, frage ich Sie? Am besten, man verdrückt sich. Und da gibt es an solch exponierten Tagen und Wochenenden ja durchaus viele Möglichkeiten, nicht zuletzt, um der Einsamkeit zu entfliehen, für den Fall, dass man einsam wäre, was bei mir (leider) so gut wie nie vorkommt.

Am Brückentag bietet sich zum einen der Besuch eines schwedischen Möbelhauses an. Schon in der Nacht von Himmelfahrt auf Freitag (oder wahlweise von Fronleichnam auf Freitag) bilden sich hier lange Schlange auf den Autobahnabfahrten in Kassel oder wahlweise Bad Homburg in Richtung Blau-Gelb – ein untrügliches Zeichen, dass man bald unter Gleichgesinnten sein wird – oder es gar schon ist -, sei es im Kerzenparadies oder an der Köttbular-Theke. Allerdings, das muss ich zugeben, ist das ja mehr so ein Frauending. Aber ich kann Sie trösten, meine Herren: Es gibt Alternativen. Orte, an denen Männer noch Männer sind, am liebsten unter sich bleiben wollen (und vielleicht auch sollten).

Spezialgeschäfte für Männerbedarf zum Beispiel. Davon gibt es ja einige, auch bei uns. Dort gibt es unglaubliche Dinge zu kaufen, von denen unsereine gar nicht wusste, dass es sie gibt und schon gar nicht, wofür man sie braucht: Entkrater, Schneideisen, Drehlinge, Senker, Maschinen und Zubehöre vielerlei Art, und dazu sogar die passende Garderobe, meist in einem schönen Blau oder leuchtenden Orange. Verirrt sich eine Frau in diese Domäne – vermutlich weil sie von ihrem Mann, der gerade wichtige bauherrschaftliche Tätigkeiten verübt – geschickt wurde, kann es schon mal sein, dass die männlichen Kunden sie an der Theke einfach übersehen – Frauen bringen hier in der Regel einen kleinen Extra-Warte-Bonus mit, auch, weil sie selbst ihre Forschheit mitunter an den ersten Nagel hängen, der ihnen in diesem Geschäft unterkommt.

Sollte ich in diesen Geschäften etwas holen müssen, schreibt es mein Mann mir auf einen kleinen Zettel, ähnlich wie früher als Kind, wenn ich beim Metzger mehr als drei Sachen holen sollte. Als ich noch nicht lesen konnte, habe ich der Metzgersfrau immer vertrauensvoll den Zettel vorgelegt. Das versuche ich im Männerspezialgeschäft natürlich zu vermeiden. Schließlich habe ich ja auch meinen Stolz. Was aber nicht immer funktioniert. Denn selten sind die Angaben auf dem Zettel, die ich mühevoll auswendig gelernt habe, vollständig. Und damit anfangen kann ich ohnehin nichts. Oder glaubt hier irgendwer, ich wüsste, was ein HT-Rohr 1 ¼ ist, auch wenn ich es irgendwo in unserem Haushalt täglich verwende? Und wenn dann noch eine Nachfrage kommt, etwa nach einem alternativen Gegenstand, dann schaue ich mein Gegenüber an der Fachmanntheke hilflos an und rufe meinen Mann an. Der wartet da ohnehin schon drauf!

Eine andere Männerdomäne, die ich am langen Wochenende kennenlernen durfte, ist das hiesige Entsorgungszentrum, besser gesagt, der Bastwald. Wenn man Zeit hat und Lust, sich mit vielen im Entsorgungsgewerbe angestellten Fachleuten und von Aufräumwut gepackten Heimwerkern zu treffen, dann sollte man diesen Ort an einem Brückentag zwischen 14 und 16 Uhr aufsuchen. Und man sollte sich was zu essen und zu trinken mitnehmen. Zwei Stunden zwischen LKW aller Art und Autos und Traktoren mit großen, vollbepackten Anhängern. Also, ich würde da ja irgendwo einen Kaffeeautomaten aufstellen und eine kleine Theke mit ein wenig Gebäck, aber es ist ja eine Männerwelt. Da reicht es schon, die Riesenböcke mal auf ein Schwätzchen oder eine Zigarette zu verlassen und langsam dem Feierabend entgegenzuchillen.

Auf dem Bastwald hat man kein Netz und es herrschen eigene Gesetze. Ich habe sie – natürlich - nicht verstanden und folgte einem Fahrzeug, das vor mir aus der Schlange ausscherte und einfach daran vorbeifuhr. Gute Idee, dachte ich, allerdings war ich auf dem Riesenmüllplatz dann doch auf verlorenem Posten. Ich wendete und ärgerte mich, da ich mich nun vermutlich wieder ganz hinten anstellen musste. Doch mein Platz in der Schlange war noch frei. Blitzartig nahm ich – vor einem großen Entsorgungsfahrzeug, dessen Fahrer grade danebenstand – meinen Platz in der Schlange wieder ein. Das war nur scheinbar mutig: Die nächsten zehn Minuten bibberte ich, dass er gleich kommen würde und mich zur Sau macht. Aber nichts geschah. Ich durfte einfach noch ein, zwei

Stündchen in der Schlange bleiben, bis ich netterweise von der Herrscherin über das Ganze – ja, in dem heimeligen Glaspavillon residiert tatsächlich eine Frau – auf die Waage gewinkt wurde. Die Systematik hinter all dem hat sich mir bis heute nicht erschlossen, aber alle anderen schienen sie zu kennen und schauten mir zu, wie ich, von einem Missverständnis zum anderen vor dem Wiegehäuschen vor und zurückfuhr, weil ich natürlich nicht dann drankam, wenn ich es für angebracht hielt.

Den nächsten Tag verbrachte ich dann wieder bei H & M. Und wurde dort für die vielen Demütigungen im Männerland reichlich entschädigt.

Frauen sind...

Da war er schon wieder, der internationale Frauentag, und was soll ich sagen? Außer einer kleinen Glückwunsch-SMS eines Unentwegten habe ich so gut wie nix davon mitgekriegt. Im Gegenteil, ein Tag wie jeder andere mit Frühstück für die Jungs, Haushalt für alle, ein paar Stunden Arbeit und einem Elternabend. War ich mal emanzipiert? Ich glaube schon. Aber weil das schon so lange her ist und mir zum Frauentag nun so gar nichts Neues mehr einfallen wollte, habe ich gedacht, frag doch mal die, die sich wirklich mit Frauen auskennen --- sollten. Hab' ich gemacht, und am Ende wurde es eine echt romantische Angelegenheit, die sich auch für den Valentinstag gut geeignet hätte (obwohl es am Anfang gar nicht so aussah)!

Ich sah meinen WhatsApp-Verteiler durch und, wie Sie sich vorstellen können, tummeln sich dort, wenn überhaupt, nur ausnehmend sympathische und intelligente Männer. (Dachte ich zumindest). „Was sind Frauen für euch – im Allgemeinen und im Besonderen?", fragte ich sie, natürlich unter dem Siegel der Verschwiegenheit. Ich denke, die Samstagsauflage der OZ kann man diesem Siegel noch unterordnen, oder? Sind ja nur 7.500 Exemplare, bleibt also alles unter uns! Und obwohl man der Meinung war, man könne sich bei dieser Frage „nur in die Nesseln setzen", erhielt ich doch einige Antworten:

„Frauen sind ein notwendiges Übel, ohne das die Männer allerdings nicht überleben könnten", war der erste Kommentar. Nicht besonders freundlich, oder? Und das von jemandem in meinem Verteiler. Woher kenne ich den nur und wie kommt der da rein?! Unter die Kategorie „notwendiges Übel" fällt ja irgendwie alles, was keinen Spaß macht, so ähnlich wie Kloputzen oder Darmkrebsvorsorge. Also, da hatten meine Jungs aber durchaus noch Reserven, fand ich. „Was das Salz für die Suppe, das sind die Frauen für die Männer!". Die Würze also, das entscheidende Quäntchen Geschmack. Schon besser. „Frauen sind im Allgemeinen sehr redebedürftig, bunt, stressig, rätselhaft, immer für eine Überraschung gut, und im Besonderen warmherzig, ein Muss, wunderbar, eine Aufgabe und Herausforderung, ein Abenteuer, ein Freund und Partner, die Lösung, wenn mal was hakt." Wow. Geht doch!!! Endlich mal einer der sich auskennt! (Mädels, was gebt ihr mir für seine Telefonnummer?)

„Frauen drücken ihre Meinung oft durch ein eindeutiges ,Vielleicht' aus", wusste ein anderer, „Frauen brauchen Abenteuer", behauptete der Nächste. Diesen beiden sei allerdings gesagt: „Einem Mann, der behauptet, die Frauen zu kennen, darf man auch sonst nichts glauben. Und jeder Mann kann die eine Frau finden, die er liebt." Und diese Frau also, die „Frau, die er liebt", spielte eine große Rolle in den Betrachtungen: „Eine Partnerschaft funktioniert nur dann, wenn der Mann das macht, was die Frau denkt, bevor sie es sagt." Etwas liebevoller ausgedrückt heißt das: „Weil man die richtige Frau auch noch dann liebt, wenn die Liebesgeschichte vorbei ist. Weil sie aus einem ein besseres Ganzes macht. Tausend Gründe, mit denen man das eine Besondere nicht erklären kann." Aaaahhhh... (Mein Mann hat an der Umfrage übrigens nicht teilgenommen – nicht, dass Sie hier auf falsche Gedanken kommen...)

Es scheint also durchaus so, als seien die Liebe und die Frauen – von dem holprigen Anfang der Befragung jetzt mal abgesehen – heutzutage unauflösbar miteinander verknüpft. Das war nicht immer so: „Bigamie heißt, dass man eine Frau zu viel hat. Monogamie auch", fand Oscar Wilde. „Behandle die Frauen mit Nachsicht! Aus krummer Rippe ward sie erschaffen; Gott konnte sie nicht grade machen", riet seinerzeit Johann Wolfgang von Goethe. Und Arthur Schopenhauer verkündete gar: „Der einzige Mann, der wirklich nicht ohne Frauen leben kann, ist der Frauenarzt."

Also, ich finde, da haben sich unsere Männer seit dem frühen 19. Jahrhundert eigentlich ganz schön entwickelt. Mit unserer Hilfe natürlich, aber wir helfen ja gerne, wo wir können. Zum Abschluss noch die ultimative Männer- und Frauenweisheit des großen Clint Eastwood: „Ich glaube, ein Mann will von einer Frau das Gleiche wie eine Frau von einem Mann: Respekt."

Chapeau

Einmal hätte ich beinahe Günter Wallraff verraten, wo er bei uns in der Küche sein Abendessen findet, und hätte ihn gleich auch noch gebeten, sich doch schon mal bettfein zu machen und frisch geduscht auf mich zu warten. Und das kam so:

Ich hatte den weltberühmten Journalisten kurz vorher interviewt und er verwendete anschließend in der Tat viel Zeit darauf, an dem Ergebnis mit mir herumzufeilen, was im Übrigen sehr viel Spaß machte. An besagtem Tag war ich allerdings in mehreren anderen Missionen unterwegs – in einem Auto mit einer tollen Freisprechanlage, von der ich immer noch nicht weiß, ob sie mir guttut oder nicht. Auf jeden Fall fuhr ich im Auftrag der Deutschen Knochenmarkspenderdatei, für die ich ehrenamtlich arbeite, zu einem Termin. Ich sollte eine Spende entgegennehmen, einen Blumenstrauß, mich lieb bedanken und auf der anderen Seite des Fotoapparates als sonst nett in die Kamera lächeln. Ich steckte mir mein DKMS-Schild an und tat genau das.

Danach fuhr ich weiter zu einem Termin mit zehn Bauunternehmern, die mir in sehr launiger Stimmung – da sie sich untereinander alle kannten – berichten sollten, wie sie gemeinsam ein Riesenobjekt hochgezogen hatten – und das in Rekordzeit. Darüber sollte ich im Auftrag des Bauherrn einen Pressebericht verfassen und war in dem Moment als Traudi Schlitt, die Freischaffende, unterwegs. Auf der Fahrt von hier nach da rief mein Sohn an und fragte, wann ich heimkäme und was es zu essen gäbe. Ich unterhielt mich eine Weile mit ihm und er legte wieder auf. Kurze Zeit später klingelte erneut das Telefon, ich drückte auf das grüne Knöpfchen und hob schon an zu sagen: „Ich habe es dir doch gerade gesagt: Auf dem Herd stehen noch Reste vom Mittagessen, die kannst du wärmen. Und dann kannst du dich schon mal duschen und bettfertig machen, bis ich komme." Schließlich musste ich ja auch noch ein wenig auf den Verkehr und die überall extra für mich aufgebauten Blitzer schauen und hatte gar nicht gesehen, welche Nummer mich da anrief. Glücklicherweise kam mir Günter Wallraff zuvor und teilte mir seine weiteren Anmerkungen mit. Vielen Dank dafür.

Während ich so weiterfuhr, machte ich mir meine Gedanken darüber, wer man so im Lauf eines Tages alles ist: Verknittert und strubbelig steigt man morgens aus dem Bett und muss sich anschließend im Bad furchtbar anstrengen, bis man diejenige ist, die die Leute erwarten, wenn man vor sie tritt. Und das sind im Lauf des Tages ziemlich viele – die Leute und man selbst auch: Die Mutter, die die Kinder weckt und ihnen Brote schmiert, die Berufstätige, die mal hier, mal da arbeitet und überall das passende Gesicht und die richtigen Gesprächsthemen mitbringt, die Köchin, die versucht, in zwanzig Minuten ein einigermaßen passables Essen auf den Tisch zu bekommen, die Ehrenamtliche, die mal eben noch einen Beitrag auf die Website eines Vereins stellt. Wann ist man eigentlich sich selbst, fragte ich mich, oder, um mit dem schönen Philosophen Richard David Precht zu sprechen: „Wer bin ich - und wenn ja, wie viele?"

Jeder von uns tritt doch ständig in irgendwelchen Rollen auf – der Vater, der am Abend in Jeans und T-Shirt in viel zu kleinen Stühlchen im Kindergarten auf dem Elternabend hockt, hat vielleicht am Tag als Unternehmensberater im Designeranzug Millionen bewegt und war zwischendurch nochmal eben ein Tennisspieler. Die Frau, die mich im Krankenhaus eingecheckt hat und mich so freundlich angelacht hat, pflegt vielleicht in der anderen Tageshälfte zuhause ihren kranken Mann, vielleicht stellt sie auch nette kleine Home-Videos ins Netz, um sich ein bisschen was dazuzuverdienen – wer weiß das schon!

„Chapeau!", sagen die Franzosen, wenn sie jemanden Respekt zollen wollen. „Hut ab", könnte man auf Deutsch sagen – und manchmal sind das ganz schön viele Hüte, die man so aufhat und abnehmen könnte. Ganz anders das berühmt-berüchtigte Hütchenspiel, bei dem es darum geht, genau aufzupassen, welcher Hut gerade der richtige ist – mit Garantie, dass es am Ende doch immer der falsche ist. Als ich schließlich bei meinen Bauunternehmern ankam, setzte ich meinen PR-Tanten-Hut auf und strahlte die versammelte Mannschaft an. Ich war froh, dass ich mein ganz persönliches Hütchenspiel nochmal geradeso klarbekommen hatte und Günter Wallraff nun doch nicht geduscht und bettfein auf mich warten würde.

Wart's ab!

Wenn man sich früher, also ganz früher, als unsere Telefone noch grau und später komisch-grün waren, verabreden wollte, setzte man sich auf die meistens zentral im Flur aufgestellte Telefonbank und rief seine Freundinnen an. Während man telefonierte, tat man übrigens nichts anderes, denn das Telefon war fest an seinem Platz. Dann sagte man, wann was der Plan war, und lud alle ein zu kommen. Meistens hat das auch gut geklappt.

Wenn man sich heute verabreden will, gründet man eine WhatsApp-Gruppe. Das geht schnell und einfach. Sollte man meinen.

Ich bin in vielen WhatsApp-Gruppen. In mehreren davon versuchen wir uns gerade zu verabreden. Da gibt es zum Beispiel die schöne Gruppe „Freundinnentreffen". Wir treffen uns in der Regel einmal im Jahr ein Wochenende lang und sind für unsere diesjährigen Planungen nach verschiedenen Zu- und Absagen und unter Berücksichtigung aller möglichen beruflichen und privaten Hindernisse inzwischen bei einem unbestimmten Zeitraum im neuen Jahr angelangt. Zu viert, wobei zumindest eine von uns immer mal wieder durch weises Abwarten glänzt.

In unserer Gruppe „Dinner for four" versuchen wir ebenfalls zu viert, aber in deutlich anderer Besetzung, einen Termin für ein gemeinsames Abendessen zu finden. Abendessen ist heute schwierig, essen überhaupt, da im Vorfeld erst einmal alle Lebensmittelunverträglichkeiten, alle selbst auferlegten Ein-schränkungen und alle vorzugsweise konsumierten Alkoholika zu bestimmen sind. Das kann dann schon mal einen längeren Chat von 15 bis 20 Posts in Anspruch nehmen, ist aber nichts im Vergleich zu der Terminfindung. Nachdem wir von den restlos ausgebuchten Wochenenden der nächsten Monate auf einen Wochentag umgestiegen waren, entspann sich folgender Dialog:

„Ginge auch Donnerstag?" „Ich könnte am 6.10." „Ich auch." „Ich nicht. Ich habe in dieser Woche meine Yoga-Prüfung und möchte nichts tun außer lernen." „Ich könnte auch am 6.10., aber nicht vor 19.30." „Könntet ihr auch eine Woche später?" „Yes." „Ich nicht. Macht es ohne mich. Muss am Abend vorher arbeiten und den ganzen Tag auch. Das packe ich nicht mehr in meinem Alter. Muss es ein Donnerstag sein?" Während die eine von uns drei Äffchen schickte, die sich die Augen zuhalten, ging es noch ein wenig weiter, bis ein neuer Tag ins Spiel kam. Die Woche ist ja voll davon. „Mittwochabend ginge auch." „Dann am 19.10. (mit Äffchen)". „Mmh und nun?" „Sonntagmorgen. Mit Brinch." „Gerne und wann?" „Sonntag M-O-R-G-E-N??? (plus entsetztes Smiley plus Äffchen)." „Brinch? Ist das was Neues?!" „Drei Lachsmileys." „Ab 12 Uhr bin ich wach." „Ich lach' mich kaputt!" „Wenigstens ist es unterhaltsam, auch wenn wir keinen Termin finden."

Nun muss man sich vorstellen, dass vier Damen, fast alle sehr mittleren Alters irgendwo bei einem Wein auf der Couch saßen und gleichzeitig tippten und wegschickten, was der Chronologie der Antworten nicht gerade zugutekam und für noch ein wenig mehr Chaos sorgte. „Kommt doch einfach am 29.10. um 20 Uhr zu mir", tat sich bald eine Gegenveranstaltung auf. „Was ist denn vom 1. bis 3.10.? Very langes Wochenende." „Brinch kann ich nicht. Bin nur bedingt küchenversiert." „Ihr seid mir zu schnell. Was ist denn nun?" „Lasst uns doch spontan was ausmachen. Vielleicht gibt es einen Termin, den uns das Schicksal zuspielt." Die Unterhaltung setzte sich noch eine Weile fort, und ich fragte schließlich, ob ich eine Kolumne daraus machen dürfte, schließlich war bald Freitag. Warum sich selbst was ausdenken, wenn man solche Freundinnen hat. Ich durfte, wie Sie sehen, und nur zwanzig bis vierzig Posts später verabschiedeten wir uns auch schon. Ohne Termin, aber mit ganz vielen Smileys. „Nur noch ein Weinchen", war mein letzter Beitrag zu dieser fruchtbaren, wenn auch ergebnisneutralen Runde, die so – allerdings stark gekürzt – in der Tat vor wenigen Tagen von 21:55 bis 22:53 Uhr 55 Posts lang gedauert hat und wie gesagt, noch viel Potenzial in sich trägt.

So viel, dass ich von einer anderen Gruppe namens „Lovely Ladies" heute leider schweigen muss. Kein Platz mehr, Glück gehabt, meine Damen. Für all diejenigen unter meinen Leserinnen und Lesern, die mit WhatsApp nichts am Hut haben, sei der Erklärung halber gesagt: Man kann es auch hessisch lesen, dann heißt es treffenderweise „Wart's ab!"

Abnehm-Wahn

Wie Frauen auszusehen haben, sehen wir tagtäglich überall. Die meisten Frauenzeitschriften, die irgendwo zwei, drei gute Reportagen und ein wenig Gesellschaftskritik versteckt haben, sind imstand, nach einem Beitrag über Magersucht die besten Abnehm-Tipps für drei Kilo übers Wochenende zu bringen. Sie berichten über die Selbstbestimmung der Frau, um drei Seiten weiter die Must-Haves der Saison an Models in Größe 34 bei einer Körpergröße von 1,80 Meter zu präsentieren. Und wir konsumieren das. Gerne. Wir Frauen sind merkwürdige Wesen. Wir wollen von anderen unabhängig von unserem Äußeren wahrgenommen werden und schaffen es nicht mal bei und für uns selbst. Und so treibt das Schönsein merkwürdige Blüten, die besonders im World Wide Web aufblühen, sich verbreiten und bald von einer weiteren noch abenteuerlicheren Blüte abgelöst werden. Und das Irrsinnigste: Sie werden von Frauen für Frauen kreiert. Besonders was das Dünnsein betrifft, gibt es einige Ideale, von denen ich weit entfernt bin. Und schon immer war. Sogar bei der Einschulung!

War es eine Zeitlang der „Thigh Gap", den wir Frauen versuchen sollten, mit viel, viel Sport und wenig Essen zu erreichen, so sind wir heute schon bei der „Bikini Bridge", dem „Ab Crack" und dem „Collarbone" angekommen. Was das ist? Schlimme Sachen, sage ich Ihnen. Der Thigh Gap ist eine Lücke, die beim Stand mit geschlossenen Beinen – also sich berührenden Knien – zwischen den Oberschenkeln entsteht – oder eben auch nicht. Also bei mir eher nicht. Die Bikini Bridge entsteht, wenn dünne durchtrainierte Frauen im Liegen so einen dünnen Bauch haben, dass ihre Hüftknochen den Bikini über dem Bauch spannen und zwischen Bauch und Bikini noch Luft bleibt. Ist jetzt aber für mich auch nur so halb relevant, weil ich ja immer Badeanzug trage. Sonst hätte ich das natürlich auch, is' klar, ne!

Der Ab Crack ist eine Falte über dem Bauch. Jetzt denken Sie vielleicht, hab' ich auch, sogar mehrere. So ging es mir jedenfalls, aber horizontale Falten sind nicht gemeint, sondern vertikale. Der Ab-Crack ist die Linea alba, die nur zwischen äußerst trainierten Bauchmuskeln sichtbar wird – wenn überhaupt. Denn ihre

Ausprägung ist ähnlich wie beim Thigh Gap genetisch bedingt und wenn, sieht man sie nur bei ausgeprägtem Untergewicht. Und da hört der Spaß dann auch auf.

Die bisher letzte Stufe des Wahnsinns und nach Expertenmeinung die erste Stufe einer ausgeprägten Magersucht ist der Collarbone. Hier geht es darum, so abzumagern, dass man möglichst viele Münzen auf dem Schlüsselbein balancieren kann. Je dünner und hervorstehender der Knochen, desto mehr Münzen passen darauf. Zahllose Fotos von Challenges im Netz zeigen, wie verbreitet besonders unter jungen Frauen der Wunsch ist, immer dünner zu werden. Hoffentlich verschwinden sie mal nicht ganz.

Im fortgeschrittenen Alter und im letzten Viertel des Zweizentnerbereichs ist es für mich vielleicht leicht darüber abzulästern, und ich kenne eigentlich auch keine Frau, die sich von diesen absurden Schönheitsidealen angesprochen fühlt. Aber wenn wir ehrlich sind, wollen wir alle, fast alle, immer an irgendeiner oder mehreren Stellen unseres Körpers dünner sein. Wir essen mit Genuss und schlechtem Gewissen gleichzeitig. Wenn man mit Frauen essen geht, versichern sich vor der Pizza immer mindestens die Hälfte der Anwesenden, dass das Erste sei, was sie heute essen, und das Letzte in den nächsten Tagen, während die anderen ihr Essen auf dem Tellern hin- und herschieben, weil sie „eigentlich gar keinen Hunger" haben. Isst man einfach so, also, trotz schlechten Gewissens weiter, sieht man aus wie ich. Wenn wir was essen, überlegen wir noch während wir das tun, wann wir dafür das nächste Mal nichts essen. Neben der Keksdose steht das Abnehmpulver, neben dem Pasta-Kochbuch die gesammelte Brigitte-Diät. Ich glaube, das gilt für die meisten von uns – ganz egal, was für eine Figur wir haben. Als ich so auf Recherche im Netz unterwegs war, fand ich einen Spruch:

„Ich wünschte, ich wäre so dick wie ich war, als ich das erste Mal dachte, ich wäre zu dick." Darüber sollten wir nachdenken. Und über noch was: Für Bauch, Beine, Po kann man auch mal Lachsbrötchen, Pfannkuchen und Nutella nehmen.

Haut und Knochen

Wer mich kennt, weiß, dass ich eher nicht prüde bin. Bevor mein Ausschnitt bei manchen Anlässen zu klein ist, ist er lieber zu groß. Die Tage, wo ich mir das leisten kann, sind ohnehin schon gezählt, also worauf noch warten? Wir können stolz sein, auf das, was wir haben, Mädels, und wir können es auch zeigen. Wenn ich mir aber Berichte, beispielsweise über große Filmpreise anschaue, dann beschleicht mich der Verdacht, dass viele meiner Geschlechtsgenossinnen, die berühmten jedenfalls, da irgendwas falsch verstanden haben. Oder ihr Milieu vertauscht.

Kaum eine Schauspielerin, die auf, egal welchem roten Teppich, mehr Stoff um sich hat, als auf einer durchschnittlichen Rolle Geschenkband ist. Anlass zur Sorge gab mir beispielsweise die diesjährige Oscarverleihung. Was umso erstaunlicher ist, weil da ja nicht die Möchtegern-Dschungelcamp-Sternchen auftreten, sondern die, die es ohnehin geschafft haben. Und so kommt es dann, dass unter dem Foto von Charlize Theron nicht etwa steht „Charlize Theron [ʃɑrˈliːz ˈθɛrən], südafrikanische Schauspielerin und Filmproduzentin, Preisträgerin des Oscar und des Golden Globe", sondern „Charlize Theron in einer roten Dior-Robe. An ihrem Hals funkeln Harry-Winston-Juwelen." Mit ihrem Ausschnitt bis zum Bauchnabel war sie – ähnlich wie die große Cate Blanchett, deren Auszeichnungen man kaum zählen kann – noch der eher zugeknöpften Fraktion zuzuordnen, was man von Miranda Kerr („in leuchtendem Rot von Kaufmanfranco" – heißt so, kann ich auch nichts für) nicht gerade behaupten konnte. Zwei Fähnchen verdeckten knapp die Brüste, ein weiteres den mittleren Bauch, die Seiten waren komplett frei – und das Schönste dabei: Die Männer – sofern sie sich überhaupt Gedanken darum machen - glauben allen Ernstes, das würde alles von selbst halten! So wie sie ja auch glauben, dass alle weiblichen Promis über fünfzig immer noch glatte Haut, festes Bindegewebe und das ultimative Mittel gegen die Schwerkraft gefunden haben. Was glauben Sie denn, wie mein Umfeld mich anschaute, als ich erklärte, dass da nur doppelseitiges Klebeband das Schlimmste verhindert – und das wäre ja gerade in Amerika, diesem in vielerlei Hinsicht schamlosen Land, das dennoch das schöne Wort Nippelgate hervorgbebracht hat, eine mittlere Katastrophe: Bitte Mädels, zeigt nicht, was ihr drauf habt, sondern eure Haut und eure Knochen, aber bitte keine Nippel. Auch nicht zufällig. Und so brilliert Jennifer Lawrence, ebenfalls Oscar- und Golden-Globe-Preisträgerin, in einer „fast durchsichtigen Dior-Robe" und Schauspielerin Diane Kruger, die ja nun auch nicht gerade ein B-Sternchen ist, „zeigte in ihrem Kleid von Reem Acra viel nackte Haut."

Ich weiß nicht, ich würde mich zum Beispiel gar nicht freuen, wenn beispielsweise nach meinen Lesungen in dem Zeitungsbericht nichts zu mir und meinen Kolumnen stehen würde, sondern als Bildunterschrift „Traudi Schlitt zeigte – vielleicht zum letzten Mal – ein grandioses Dekolleté in einer Bluse von Textil Sagawe, atemberaubend kombiniert mit einer Hose von Campus und ein wenig geliehenem Modeschmuck von Green House". Naja, allerdings ist das vielleicht auch besser als nix...

Warum nur? Warum verwechseln so viele Frauen, schlaue Frauen, inzwischen Party-Look mit Bordsteinschwalben-Chic? Und warum tun das die Männer ihnen – wieder mal – nicht nach? Wie wäre es mit George Clooney oder Hugh Jackman mal in einem netten Anzug, der den Sixpack freilegt und nur sehr knapp über den Lenden wieder schließt? Also, ich könnte mir das gut vorstellen. Sehr gut sogar.

Auf der nächsten Seite der dieser Glosse zugrundeliegenden „Frau im Spiegel" wird Oscar-Preisträger Leonardo DiCaprio eine ganze Seite gewidmet. Der Beitrag über ihn kommt ganz ohne Angabe seiner Kleiderhersteller aus und er spricht über Glück und den Wunsch nach Familie. So ein schlauer Mann aber auch - was der alles weiß!

Kleopatras Geheimnis

„Aufgewacht Prinzessin und raus aus den Federn... ich strecke mich, gähne ins Kissen und hasche nach dem Traum... voll Neugier auf den neuen Tag." Wer jetzt meint, er hätte den Anfang meines ersten Frauenromans gelesen, der irrt. Diesen Text entdeckte ich vor kurzem auf einem Peeling im Drogerieregal. Natürlich musste ich die vielversprechende grüne Tube direkt kaufen, denn die Versprechen mit der Prinzessin und gingen auf der Rückseite munter weiter: „Natürlich wissen wir, dass wahre Schönheit nur von innen kommt... aber unabhängig davon werden unsere herrlichen Rezepturen deine Haut und deine Seele streicheln." Und damit nicht genug: „Rubbelt weg, was Streichler stört."

Direkt daneben, auf einem Duschgel, hieß es: „Das muss wohl Liebe sein... geheimnisvoll lächelnd steckt sie den Brief in einen Umschlag – mit einer Kette aus Gänseblümchen, die sie gerade gepflückt hat." Ich weiß jetzt nicht so direkt, was diese Texte mit einem Peeling oder einem Duschgel zu tun haben, vielleicht hatte der Werbetexter gerade seinen romantischen Tag oder zu viel am Peeling geschnüffelt, denn es ging ungebremst weiter: „Ich verschwinde für eine Weile – auf eine ferne Insel... ich vergrabe meine Zehen im warmen Sand, lausche dem Lachen der Möwen und spüre den Wind im Gesicht." Besser ist das, dachte ich, denn es triefte jetzt doch schon ganz schön aus dem Rosemunde-Pilcher-Gedächtnis-Regal, und ich sann darüber nach, was man als noch unentschlossene Kundin so alles versprochen bekommt – oder was man sich vorstellen soll, dass man es versprochen bekommt. „Ein samtig-süßer Duft liebkost meine Nase..." So langsam verwirrte mich das doch ganz schön. Was sollte ich denn jetzt nehmen?

Da war ich ja schon fast froh, dass mir die Revitalisierungsdusche nebenan lediglich versprach, dass sie mit hochwertigem Bio-Nachtkerzenöl meine individuelle Ausstrahlung entfalten wolle. Mir war zwar nicht ganz klar, wie sie das machen wollte, aber es war zumindest mal kein so verschwurbelter Satz, der auch auf einem Reiseführer oder auf dem Klappentext für den neuesten Schulmädchenreport hätte stehen können. Das war ja schon mal was. Von diesem Hersteller gab es auch noch die Möglichkeit, dass man gepflegt und harmonisiert würde (das würde sicherlich meine Familie mir mitunter empfehlen) oder gar stimuliert (wozu ich mich hier nicht weiter äußern möchte). Derart stimuliert jedenfalls machte ich mich auf einen kleinen Streifzug in die Niederungen der Kosmetikwerbung und stellte fest, dass die Zeiten, wo ein Schaumbad einfach nur Litamin oder Badedas hieß, definitiv vorbei sind. Heute heißen sie „Eine Portion Glück", wahlweise auch „Eine Portion Liebe", und für besonders anspruchsvolle Baderinnen steht „Kleopatras Geheimnis" zur Verfügung. Letzteres will aus meinem Bad einen „Ort von magischer Schönheit machen, der voller Geheimnisse steckt, wo wahre Schönheit verborgen liegt und die Weiblichkeit sich vollkommen entfalten kann." Dass ich das nicht schon früher hatte! Kleopatra ist ja bekanntlich mit 39 Jahren gestorben, wer weiß denn, ob ihre erst jetzt enthüllten königlichen Baderituale bei mir überhaupt noch anschlagen?!

Ich suchte Zerstreuung im Männerregal, und hier sah es auf den ersten Blick sehr einfach aus: Auf deren schwarzen oder dunkelblauen Duschgelflaschen ist meistens nur von „Activity", „Power" und „Energy" die Rede. So langes Geschwafel ist nix für die. Das weiß man eigentlich ja auch so. Und so „Auszeiten" und „Erholung" oder die wiederentdecken Rasur-Tipps von Caesar oder Tutanchamun scheinen die Herren irgendwie auch nicht zu interessieren. Einzig die Marke „Playboy" bricht das kollektive männliche Schweigegelübde ein wenig auf. Das Duschgel „Play it wild" verspricht den geneigten Duschern „einen gewagten Duft – und die Jagdsaison ist eröffnet." „...und keine kann dir widerstehen" prophezeit „#gerneration". Man kann den Männern ja allerhand zutrauen, aber dass sie darauf reinfallen, glaube ich dann doch nicht. Warum sie von Playboy allerdings noch den Hinweis bekommen, das Duschgel sei für den „ganzen Körper", machte mich doch ein wenig stutzig. Braucht ihr das, Jungs?

Am Ende meines Rundgangs griff ich zu einem Duschgel, das hieß „Glückliche Auszeit." Es „schenkt Wohlbefinden und schöne Momente. Der stimmungsvolle, heitere Duft entspannt Körper und Geist bei Stress und Anspannung im Alltag." Ich denke, es wird halten, was es verspricht, denn die Hauptzutaten sind: Hanf und Mohn.

Kick them

„Grab them by the pussy, you can do anything you want – Greif ihnen zwischen die Beine, du kannst tun, was immer du willst." Mit solchen Aussagen wird man im Jahr 2016, nein, nicht Macho-Arschloch des Jahres oder Ehrenmitglied bei der frauenfeindlichen Männergruppe Hofgeismar, sondern US-amerikanischer Präsident. Dass Donald Trump solche Sachen in diesem Jahrtausend in einem zivilisierten – bisher jeden Falls hielt man die USA dafür – Land überhaupt noch sagen kann – neben allem anderen, was er unkontrolliert herauswürgt -, ist das eine. Das andere ist, dass er dennoch, DENNOCH gewählt wurde. Und das nicht nur von dummen, alten, armen Männern, sondern auch von gebildeten, wohlhabenden Männern und Frauen, denen es offenbar keinerlei Mühe bereitet, über so einen kleinen Fauxpas hinwegzusehen. Ist ja ohnehin nur einer von vielen. Und ging ja auch nur um Frauen. Doch was sagt das über den Zustand einer Welt, die sich rühmt, Gleichberechtigung von Männern und Frauen als ganz selbstverständlich zu fordern, und die sie dennoch an so vielen Stellen nicht umsetzt? Solche Typen wie Trump, dachten wir, seien mit Silvio Berlusconi, dem Prototyp des Machos, von der Bildfläche verschwunden.

Falsch gedacht. Gerade kommen sie als frauenverachtende Wiedergänger durch jede politische Ritze und verbreiten neben ihren sexistischen Äußerungen in der Regel auch bei Minderheiten jeglicher Art Angst und Schrecken: Putin, Erdogan, Orban, um nur die prominentesten Machos zu nennen; in die Deutschlandliste könnte man mühelos Björn Hoecke und seine AfD-Clique aufnehmen. Im Programm dieser Partei heißt es, man wende sich „gegen schädliche, teure, steuerfinanzierte Gesellschafts-experimente, die der Abschaffung der natürlichen Geschlechter-rolle dienen." Mehr noch: Hoecke sieht sich großen Gefahren ausgesetzt durch die Frauen – vermutlich gerade die Frauen in seiner Nähe, und recht hat er, denn wer fürchtete sich nicht vor Beatrix von Storch oder Frauke Petry -, so sehr, dass er im November forderte: „Wir müssen unsere Männlichkeit wieder entdecken. Denn nur wenn wir unsere Männlichkeit wiederentdecken, werden wir mannhaft. Und nur wenn wir mannhaft werden, werden wir wehrhaft, und wir müssen wehrhaft werden, liebe Freunde!"

Da weißte Bescheid, würde ich sagen, und verweise darauf, dass zwischen der Haltung Hoeckes und der von Mr. Trump eine große Bandbreite sexistischer, frauenfeindlicher Äußerungen und Handlungen liegt, schon allein, wenn man sich auf die Politik beschränkt: Nicht selten werden Frauen im Bundestag mit Äußerungen über ihr Äußeres oder ihren Hormonstatus abgewürgt oder zumindest aus dem Redefluss gebracht, und schaut man sich an, wie schwer sich manche Parteien mit der Frauenquote getan haben, ist klar, dass die Lage auch im vermeintlich so freien und liberalen Deutschland alles andere als rosig ist. Natürlich gibt es wenige bessere Länder für Frauen um darin zu leben, aber schon allein, dass man das betonen muss, zeigt, dass da irgendwas nicht stimmt. Auch Politikerinnen oder Frauen, die in Führungspositionen sind, können ein Lied davon singen: Ihr Alltag ist voll von kleinen, fast harmlosen Diskriminierungen, etwa wenn es bei Politikerinnen immer wieder Thema ist, wer sich wohl in ihrer schier endlosen Arbeitszeit um ihre Kinder kümmert. Oder wenn eine junge Journalistin im heute journal vor wenigen Wochen über Jutta Cordt, die neue Präsidentin des BAMF, in ihrer Vorstellungsreportage abschließend sagte: „Die verheiratete, kinderlose Karrierefrau lebt mit ihrem Mann in...." Geht's noch?! Ist schon jemals irgendein Mann, der eine Führungsposition übernommen hat, als „Karrieremann" bezeichnet worden und spielte seine Kinderzahl bzw. seine Nicht-Kinderzahl jemals eine Rolle? Nein. Und schaut man sich an, wie der Begriff „Karrierefrau" im Duden erklärt wird, dann weiß man auch warum: „Karrierefrau: Frau, die dabei ist, Karriere zu machen, bzw. die eine wichtige berufliche Stellung errungen hat und (oft abwertend) Frau, die ohne Rücksicht auf ihr Privatleben, ihre Familie ihren Aufstieg erkämpft hat."

Ich würde, um mit dem und über den eingangs erwähnten dirty old man zu sprechen, sagen: „Kick them in the ass whenever you see them!" Oder werdet zumindest nicht müde, euch zu streiten!

Gerwomany (zur Bundestagswahl 2017)

Morgen ist Wahltag. 61,5 Millionen Deutsche dürfen wählen. Vermutlich ihre Bundeskanzlerin, aber noch ist ja nicht Abend. Und mit Donald Trump und dem Brexit hätte ja auch niemand gerechnet. Vielleicht müssen morgen Abend konsternierte Moderatoren Patrick, äh Christian Lindner zum überraschenden Wahlgewinn gratulieren oder am Ende vielleicht sogar Gauleiter Gauland. Wer weiß. Wir Frauen hätten einen entscheidenden Anteil an diesem Ergebnis. Denn wir sind die Mehrheit: 31,7 Millionen hat der Bundeswahlleiter gezählt, bleiben nach Adam Riese 29,8 Millionen Männer.

HÄTTEN, wohlgemerkt, denn wir Frauen wählen nicht gerne. Wahrscheinlich, weil es uns von Haus aus schwerfällt, uns zu entscheiden, und wir dann gerne mal mit einem roten und einem schwarzen Paar Schuhe aus dem Laden kommen, weil uns die Wahl so schwerfiel. Als Voraussetzung für nur ein Kreuzchen bei der richtigen Partei ist diese Kompetenz nur so mittel. Und soweit ich mich erinnere, sind die Wahlkabinen auch nicht besonders ansprechend ausgestattet. Und die Freundin darf ja auch nicht mit rein, um die möglichen Szenarien mal bei einem kleinen Proseccchen oder Espressöchen in Ruhe zu diskutieren. Apropos Kabine: Kennen Sie den Spot, in dem Carolin Kebekus als erstwählende Haus-Shopping-Beauty-Queen zum allerersten Mal in ihrem Leben die Wahlkabine betritt und in alter Gewohnheit als erstes ihre Klamotten von sich schmeißt?! Sie macht sich darüber lustig, dass große Frauenzeitschriften sich jetzt zusammengetan haben, um Frauen zum Wählen zu motivieren und ihnen mitunter auch noch gleich verschiedene Inputs zur Wahlentscheidung mit auf den Weg zu geben. Ist anscheinend nötig, aber warum?

Zum einen bietet der Wahlkampf dem politisch uninteressierten Weibchen nicht wirklich Erleuchtung. In Alsfeld hing direkt hinter einem Riesen-Merkel-Plakat ein Riesen Chippendales-Plakat, ganz so, als ob man die auch wählen könnte. Vorspiegelung falscher Tatsachen, würde ich da mal sagen. Da werden Frauen mit halbnackten Tatsachen ins Wahllokal gelockt, um dann die Wahl zu haben zwischen Martin Schultz und Dr. Helge Braun. Das ist doch – Entschuldigung – Kacke! Bestenfalls verlässt die Dame dann die

Wahlkabine und geht wieder mal als Nichtwählerin in die Annalen dieser BTW ein oder sie wählt aus lauter Verzweiflung dann doch Christian Lindner, sofern sie sich an den Namen der coolen Dreitages-Bart-Socke mit Bambi-Blick-Bild erinnert.

Zum anderen sprechen die Fakten eine deutliche Sprache: Laut der repräsentativen Wahlstatistik, veröffentlicht von der Bundeszentrale für politische Bildung, war die Wahlbeteiligung der Männer bei jeder Bundestagswahl von 1953 bis 2013 höher als die der Frauen. Wollen Frauen nicht für ihre Rechte kämpfen, so wie sie es vor über hundert Jahren getan haben, als sie sich - sehr zum Missfallen der Männer übrigens – das Wahlrecht erstritten? Oder ist das Recht zu wählen so normal geworden wie viele andere Dinge, die wir als selbstverständlich annehmen, obwohl diese in Gefahr sind, etwa wenn eine alternative Partei am „traditionellen, biologisch verankerten Frauenbild" festhalten will? Oder ist es uns – was nach fast hundert Jahren ja verständlich wäre – einfach zu unmodern geworden? Muss sich das Wahlrecht neu stylen? Oder könnten wir es vielleicht im Sinne der Retro-Welle neu entdecken? Ein kleiner Rückblick auf die durchaus interessante Geschichte des Wahlrechts für Frauen – aus Platzgründen nur in Europa:

Am 19. Januar 1919 durften Frauen in Deutschland das erste Mal wählen. Doch alles begann natürlich viel früher und durchaus unerfreulich: Olympe de Gouges, erste Kämpferin und Verfasserin der „Erklärung der Rechte der Frau und Bürgerin" von 1791, wurde 1793 hingerichtet, aber die Idee war in der Welt. Als erstes europäisches Land gab 1906 Finnland Frauen das Wahlrecht. 1913 wurde das allgemeine Frauenwahlrecht in Norwegen, 1915 in Dänemark eingeführt. So ging es dann munter weiter, bis Deutschland dann halt auch mal an der Reihe war – längst nicht als letztes.

Die Mehrheit der wahlberechtigten Männer wollte das Frauenwahlrecht natürlich verhindern. Dabei trieb der „Antifeminismus" bizarre Blüten: In allen Ländern wurde immer wieder die „natürliche" Bestimmung der Frau ins Feld geführt, die sie für die Arbeit im Hause prädestiniere, während die Politik in die männliche Welt gehöre. Man dachte aber auch, dass Frauen wegen ihrer sozialen Rolle nicht unabhängig urteilen könnten. Britische

Reformer verhinderten im Jahr 1867 ein Frauenwahlrecht vor allem deshalb, weil es politische Differenzen innerhalb von Familien zwischen den Ehepartnern verursachen könnte. Aus diesem Grund wurde in Skandinavien und Großbritannien zunächst nur für ledige und verwitwete Frauen das kommunale Wahlrecht eingeführt – mit der offiziellen Begründung, dass verheiratete Frauen schon durch ihre Ehemänner vertreten seien. Überhaupt hatten Frauen gegen geschlechtsspezifische Barrieren zu kämpfen, von denen Männer nicht betroffen waren. In einigen katholischen Staaten wie Belgien, Italien und im orthodoxen Bulgarien wurde beispielsweise zunächst nur verheirateten Müttern das kommunale Wahlrecht zugestanden, weil sie als „wertvoller" galten als kinderlose Frauen. Man kam dagegen nie auf die Idee, bei Männern die Wahlberechtigung von der Zeugung ehelicher Kinder abhängig zu machen.

Um die angeblich unvorhersehbaren Folgen eines Frauenstimmrechts zu minimieren, überlegten die Parlamentarier sich alle möglichen Gründe, wie man die Frauen draußen halten könnte: In einigen Staaten wie in Griechenland wurde für Frauen ein gewisser Bildungszensus eingeführt; im Gegensatz zu männlichen Wählern mussten sie Schulbildung nachweisen, was ihnen in diesen Zeiten schon schwer genug gefallen sein musste. In England, Ungarn und Island unterlagen Frauen zeitweise einem Alterszensus, dem zufolge sie erst mit 30 bzw. 40 Jahren ihr Wahlrecht ausüben konnten. Und dann natürlich die Moral: Prostituierten war in Österreich, Spanien und Italien zunächst das Wahlrecht vorenthalten, während ihre Kundschaft natürlich vor oder nach dem Gang zur Urne sich bei den Damen dieses speziellen Gewerbes Erleichterung von ihrer schweren Bürgerpflicht verschaffen durften.

Trauriges Schlusslicht bei der Einführung des Frauenwahlrechts in Europa waren nicht etwa die Schweitzer, wo Frauen seit 1971 wählen dürfen. Nein, es war Liechtenstein. Dieses merkwürdige Land, das Zeitungsberichten zufolge doppelt so viele Briefkastenfirmen wie Einwohner beherbergt und sich nur im Rahmen von Schwarzgeldermittlungen immer mal wieder in Erinnerung bringt, lehnte noch 1971 und 1973 – nach sechs geglückten Mondlandungen übrigens – das Frauenwahlrecht ab. Eingeführt wurde es schließlich 1984.

So interessant diese Fakten sein mögen, so uninteressant ist es offenbar für Frauen zu wählen. Dabei sind wir nicht nur die besseren Menschen, wie wir – mit Ausnahme von Frauke Petry, Beatrix von Storch und Alice Weidel – ohne Übertreibung feststellen können, nein, wir sind auch noch die besseren Wähler bzw. Wählerinnen: Laut einer Emnid-Umfrage aus dem Jahr 2016 würden 17 Prozent der befragten Männer AfD wählen, also jeder Sechste, aber nur 2 Prozent der Frauen. Ein krasser Unterschied! Und warum? Weil wir schlauer sind. Und weil wir dieses Potenzial nutzen sollten, sollten wir wählen gehen und alle Frauen dazu motivieren. Schließlich wird Wählen jetzt sexy und hip und alles. Denn #GERWOMANY ist da!

Am Anfang dachte ich ja, es handele sich um eine neue Form des BDM – in Zeiten, wo Rechte sich als „Identitäre" ausgeben und als Nerds auftreten, ist ja alles möglich. Aber #GERWOMANY ist Glamour pur. Nicht zuletzt weil Glamour-Chefredakteurin Andrea Ketterer die Aktion ins Leben gerufen hat. Ihr folgten Bild der Frau, Cosmopolitan, Donna, Elle, Emotion, Freundin, Frau im Spiegel, Für Sie, Harper's Bazaar, Instyle, Jolie, Joy, Lisa, Lust auf mehr, Madame, Ma Vie, Maxi, Myself, Petra, Shape, Vital und Vogue, wobei sich besonders die „Frau im Spiegel" als Flaggschiff der Demokratie sieht – so heißt es in der Begründung der Redaktion: „Als erste Frauenzeitschrift, die nach den Schrecken des Zweiten Weltkriegs in Deutschland gegründet wurde, fühlt sich ‚Frau im Spiegel' auch nach mehr als 70 Jahren täglich der Demokratie und dem Rechtsstaat verpflichtet." War mir zwar bisher nicht so aufgefallen, aber egal. Und die mir bis heute völlig unbekannten Zeitschriften „Joy" und „Shape" postulieren: „Unsere JOY- und SHAPE-Leserinnen sind frei und selbstbestimmt. Es ist absolut konsequent, dass wir sie mit #GERWOMANY daran erinnern, dass Gleichberechtigung nicht nur in der Liebe, im Job oder nur im ganz persönlichen Umfeld möglich ist, sondern auch in der Politik."

Ich würde sagen, der Zweck heiligt die Mittel, Mädels. Geht wählen. Informiert euch! Lasst euch bei eurem Besuch auf der Wahl-O-Mat-Website nicht von aufpoppenden Mails eurer Lieblingsshops oder den neuesten Nachrichten zur Rippenentfernung von Frau Wollersheim stören. Und lasst euch bloß nicht von so Statistiken beeinflussen, die besagen, dass AfD-Anhänger öfter Sex im Auto haben! Wird eh total überschätzt. Aber das ist ein anderes Thema.

So hot!

Braun sein

„Der Deutsche an sich will ja braun sein" – zu dieser nicht ganz unzweideutigen Erkenntnis kam bereits vor Jahren die Sängerin und Kabarettistin Pe Werner. Dass da einiges dran ist und dass das sogar auch auf weiße Amerikaner und ihren orangehaarigen Präsidenten zutrifft, zeigt sich nicht nur in den vielen schlechten Nachrichten der letzten Tage, sondern auch an den guten Umsätzen der Solarienindustrie (nicht zu verwechseln mit der Solarindustrie) und der Kosmetikbranche, die Jahr für Jahr neue, erfolgversprechende Selbstbräuner auf den Markt wirft. Und wenn sich an einem Standort wie Alsfeld schon seit Jahren – seit Jahren! – ein Tanning-Studio hält, dann weiß man: Auch die Alsfelderin und der Alsfelder möchten eigentlich gerne braun sein. Ich auch. Aber ich werde es nicht. Zumindest nicht komplett. Denn egal, ob ich im Sonnenstudio den Power-Bräuner, den Turbo-Bräuner oder die Superkombination aus beidem wähle – mit einer Stromleistung übrigens, mit der man neben mir locker noch ein Jahr lang das Essen für meine ganze Familie erhitzen könnte: Meine Beine bleiben weiß. Manchmal, nach der ersten Rasur nach dem Winterfell sprenkeln sie kleine rote Pünktchen, das war's dann aber auch schon mit der Farbe auf den Beinen.

Und so wähle ich bei offiziellen sommerlichen Anlässen eher lange Beinkleider, obwohl ich einen halben Schrank voller Röcke habe, so wie vor einiger Zeit bei der Hochzeit meiner Freundin Verena. Dort stellte ich zu meinem großen Erstaunen fest, dass alle anwesenden Damen – ALLE anwesenden Damen – außer einer gut gebräunt waren und zwar an allen sichtbaren Stellen, und das waren einige. Auf die eher rhetorische und nicht weniger neiderfüllte Frage, ob die wohl nun schon alle im Urlaub gewesen seien, antwortete meine Freundin Carla lapidar, die hätten doch alle heute Morgen nur nochmal Selbstbräuner aufgetragen. Selbstbräuner?! Wie bitte?

Ich erinnerte mich, dass vor mehr als dreißig Jahren eine Mitschülerin völlig entstellt den Schulbus betrat, nachdem sie am Vortag einen Selbstversuch mit Selbstbräuner gemacht hatte. Ute Schmidt! Sie hätte danach problemlos in einem naturkundlichen Museum als Moorleiche anfangen können, was im Übrigen auch ihrem Intellekt entsprochen hätte. Ich gönnte es ihr, dankte ihr für diese Erfahrung, die ich nicht selbst machen musste und verbannte die Existenz von Selbstbräunern aus meinem Gedächtnis. Bis zu diesem denkwürdigen Hochzeitstag, denn Jahrzehnte später könnten die Rezepturen der Präparate ja etwas verfeinert worden sein, außerdem hätte ich vermutlich schon damals die Anwendungshinweise besser verstanden als Ute Schmidt. Die Aussicht jedenfalls, dass auch ich (ICH!) braune Beine haben könnte, trieb mich in die nächste Drogerie und nun hole ich in Sachen Selbstbräuner alles nach, was ich in der Pubertät verpasst habe.

Zunächst „BRONZE SUBLIME" – verspricht natürliche, gleichmäßige Bräune, bei wem auch immer. Gelbliche, fleckige Bräune trifft es schon eher, und von den ganz komischen, um ehrlich zu sein schrumpligen Stellen an Knien und Fersen wollen wir an dieser Stelle schweigen. Dem Schreck, dass die frisch erworbene Bräune bzw. Gelbe nach dem Duschen direkt am Handtuch hing, folgte die Erleichterung, nicht mit den Beinen von Ute Schmidt durchs Leben gehen zu müssen. Nun lassen wir Frauen uns ja nicht gleich beim ersten Misserfolg entmutigen, besonders dann nicht, wenn es um so etwas Wichtiges wie braune Beine geht. Der nächste Versuch hieß „GLOSS BRÄUNER": Selbstbräunungscreme mit Gold-schimmer-Effekt, strahlende und gleichzeitig natürliche Bräune verheißend. Dass das bereits ein Widerspruch an sich ist, merken die wenigsten, denke ich, braun wurden meine Beine auch davon nicht, allerdings setzten sich die Glanzpartikel in die roten Haarporen, die meine Beine nun glänzen ließen wie eine Glühwürmchenpopulation im Energiesparmodus. Es folgen viele weitere Versuche, die man noch lange Zeit in meinem Badezimmerschrank zurückverfolgen konnte, da ich zu geizig bin, teure Kosmetik wegzuschmeißen, obwohl ich sie nicht nehme...

„SUN TOUCH" für helle Hauttypen schließlich machte keine Flecken, das war schon mal schön, aber es machte auch nicht braun. War das jetzt gut oder schlecht? Wie dem auch sie, wir sind noch nicht am Ende der Selbstbräunungsfahnenstange angekommen und ich weiß, es wird der Tag nahen, an dem auch ich, ich, braune Beine haben werde – auch wenn der Rest vielleicht eher rot bleibt...

Treue

„Treue ist nur ein Mangel an Gelegenheiten!" Das sagte Werner eines Tages zu mir. Wörni war der Freund der älteren Schwester meiner Freundin. Meine Freundin und ich waren Anfang zwanzig, Wörni sicher schon vierzig. Und er sah aus wie Keith Richards. Wir trauten ihm alles zu, und das war wahrscheinlich durchaus gerechtfertigt. Und dass er mit vierzig über jede Menge Altersweisheit verfügte, stand für uns natürlich vollkommen außer Frage. Wir hingen an seinen Lippen und lauschten fasziniert seiner rauchigen Stimme, als er über die Treue schwadronierte, in die wir in unseren frühen Jahren noch so viel Hoffnung setzten…

Im Leben begegnet man der Frage nach der Treue ja durchaus ab und an. Bei der Hochzeit beispielsweise sind die meisten von uns ja noch bester Absicht, aber was, wenn die Gelegenheiten plötzlich zu viele würden? Also, ich wüsste nicht, was ich täte, wenn plötzlich George Clooney bei mir klingeln würde, weil er sich zufällig auf meiner Webseite verirrt hätte und daraufhin spontan beschlossen hätte, seine Beuteschema von Model-Anwältin auf Plus-Size-Schreiberin zu verändern?! Darüber kann ich natürlich gut spekulieren, weil das vermutlich nicht vorkommen wird, aber wer weiß denn schon wirklich, ob er oder sie das mit der ewigen Treue so durchhält? Und wenn, dann hat vielleicht die Person, der unsere Treue gilt, schon längst die eine oder andere Gelegenheit beim Schopf ergriffen, und wir stehen jetzt da mit unserer Tugend! Schön blöd! Die Liebe ist, wie Paartherapeut Klaus Heer sagt, monogam. Nur der Mensch ist es nicht. Auf jeden Fall nicht immer.

Wie schwer das mit der Treue ist, stellte ich am eigenen Leib fest, als mich eines Tages, kurz vor Weihnachten, die Liebe auf den ersten Blick traf. Ein kleiner Moment, ein genaueres Hinsehen, ein leichtes Streicheln, und es war um mich geschehen! Ich erzählte meinem Mann davon, und er reagierte ausgesprochen verständnisvoll. So wie ich schwärmte, war ihm klar, dass ich diese Handtasche unbedingt haben musste. Sie war teuer, sehr teuer. Nicht so von der Art, die man sich spontan mal selbst kauft, und bald gab es sichere Anhaltspunkte dafür, dass ich sie im Januar als Geburtstagsgeschenk bekommen würde. (Ich hatte die Abbuchung schon auf den Kontoauszügen gesehen.) Kurz vor meinem

Geburtstag streifte ich leichtsinnigerweise durch die Handtaschenabteilung von Galeries Lafayette in Berlin. Ein Paradies mit Gelegenheiten noch und nöcher. Wie gerne hätte ich jetzt lieber den leuchtend orangefarbenen Saffiano-Shopper von Joop gehabt. Oder hier die Vintage-Clutch von Liebeskind. Ich wurde meiner großen Liebe, die zuhause auf mich wartete, im Geiste schon untreu, noch bevor ich sie in Händen hielt, und dachte irgendwie spontan an Wörni. Was war er doch für ein weiser Mann. Zum Geburtstag bekam ich dann erwartungsgemäß die tolle Tasche, die für einen Moment meine große Liebe gewesen war, bis... Naja, Sie wissen schon. Und wissen Sie, was dann passierte: Sie war ja immer noch schön, ich hatte sie mir ja gewünscht, und eigentlich konkurrierte sie ja ohnehin schon mit zahllosen anderen Stücken aus meinem Handtaschen-Harem. Ich nutzte sie gerne und nutze sie immer noch. Sie passt zu mir. Sie ist lässig und doch auffällig. Häufig werde ich gefragt, woher ich diese tolle Tasche habe, und dann sage ich stolz: „Von meinem Mann!" Und wer braucht schon einen orangefarbenen Shopper oder eine Vintage-Clutch? Also ich nicht, zumindest nicht im Moment.

Treue unter Menschen im Allgemeinen und unter Paaren im Besonderen wird in der Literatur (sprich im Internet) sehr unterschiedlich bewertet. Alle wollen sie, nur 50% der Paare gelingt sie. Nicht immer ist Untreue das Ende, im Gegenteil, manchmal ist sie ja auch der Anfang, wie man weiß... Die einen Experten betrachten lebenslange Treue als unmöglich, es sei denn, man sei mit einem ausgeprägten Hang zur Selbstkasteiung ausgestattet. Die anderen Spezialisten sind der Meinung, dass es lebenslange Liebe nicht ohne Treue geben könne. Ein spannendes Thema sicherlich, zu dem sicher jede und jeder noch etwas zu sagen hätte.

Bleiben wir also lieber bei der Handtaschengeschichte. Die nimmt Untreue nicht ganz so übel. Und falls ich jemals Wörni wiedersehe, dann werde ich ihm diese Kolumne schenken. Schließlich bin ich eine echt treue Seele...

Weiberfasching

Eigentlich finde ich Weiberfasching ja blöd. Ich bin ja nicht schreckhaft, aber die Vorstellung unzähliger betrunkener Frauen und weniger mutiger Männer auf einem Haufen macht, oder besser gesagt, machte mir Angst. Bis ich selbst dabei war. Man soll ja auch mal seine Prinzipien über Bord werfen und Dinge tun, die man noch nie getan hat. Zwerge töpfern vielleicht oder eben zum Weiberfasching gehen. Da stellt sich natürlich zunächst die Verkleidungsfrage. Schon die Jahre zuvor habe ich festgestellt, dass ich nicht so der Marienkäfer- und Erdbeeertyp bin. Wenn verkleiden, dann richtig, was man für mich in etwa unter dem Begriff „Hafenschlampe" zusammenfassen könnte. Ich weiß jetzt nicht, was ein Therapeut dazu sagen würde, aber es läuft bei mir immer irgendwie auf dasselbe hinaus: kurzer Rock, großer Ausschnitt und gefährliche Frisur. Was will uns das sagen? Und was ist wohl davon zu halten, dass ich fast alle Klamotten, die ich am Fasching bisher anhatte – jetzt mal abgesehen von dem 1A-Boney M.-Kostüm, das mir freundlicherweise meine Lieblingsfriseurin ausgeliehen hatte – ganz locker aus meinem Kleiderschrank hole?! Darin befinden sich offenbar Paillettentops aller Art, Glitzerstrümpfe und kurze schwarze Röcke so wie bei anderen Leuten Jeans und T-Shirts. Wo kommt das Zeug eigentlich alles her? Ist das meins, und wenn ja, warum? Und was macht es eigentlich den Rest des Jahres?

Fragen über Fragen, aber wie dem auch sei, zwängte ich mich in mein „Mutti-muss-sich-was-dazu-verdienen" – Outfit und stürzte mich ins Getümmel. Und was soll ich sagen? Ab der zweiten Flasche Sekt fühlte es sich gar nicht mehr so falsch an. Die Stimmung stieg, wie immer bei solchen Anlässen, proportional zur Uhrzeit und zum Alkoholkonsum, und als ich einen Grund brauchte, nicht zur anvisierten Uhrzeit das Etablissement zu verlassen, verlegte ich mich auf Studienzwecke. Fortbilden kann man sich schließlich überall, warum also nicht auch auf dem Weiberfasching? Das Forschungsgebiet: „Die Entwicklung der Männerballetts im 21. Jahrhundert". Das Fazit zuerst: Dieses Genre ist auch nicht mehr das, was es mal war. All die Jahre konnte man sich zuverlässig darauf verlassen, dass ein Männerballett eine Gruppe unrasierter Männer mit bieroptimierten Figuren in schlechtsitzender

Miederware ist. Die netzbestrümpften Fußballerbeine Can-Can-schwingend in Turnschuhen, die falschen Brüste verrutscht, die Perücken ebenso – eine Augenweide sieht anders aus! Und heute?

Heute finden sich auch in den kleinsten Dörfern offenbar genügend junge, gutaussehende Männer, die ziemlich sportlich unterwegs sind und kraftvolle, akrobatische und tänzerische Darbietungen bringen, die den Begriff „Männerballett" in völlig andere Sphären heben. Mal mehr, mal weniger geschmeidig, aber immerhin. Auch den Sex-Appeal interpretieren die Männerballetts 2.0 völlig neu: Zum Ende ihrer Darbietung ziehen sie – zumindest obenrum - blank, zeigen glatte, meist tätowierte, gutgebaute Oberkörper, und die Damen in den ersten Reihen sind hin und weg. Wahrscheinlich völlig zu Recht, dachte ich, während ich mir diese Aktionen aus sicherer Entfernung anschaute und den Jungs gerne zugerufen hätte: „Es ist doch so kalt, ihr Lieben, und ihr seid sooo geschwitzt! Zieht euch was an, ihr verkühlt euch noch!" Natürlich verhallte meine nicht ausgesprochene Fürsorge ungehört, was vielleicht auch besser war. Schließlich war ich ja verrucht und nicht mütterlich unterwegs.

Die fortgeschrittene Nacht bescherte mir schließlich mein persönliches Highlight, als ich dem heißesten Typ des Abends mit meinem kleinen Taschenmesser den Schlips abschneiden durfte. Da hatte sich der ganze teure Sekt doch gelohnt! Der symbol-beladene Schnippel liegt jetzt immer noch auf meiner Bürotreppe und ich weiß nicht recht, wohin damit. Ist das jetzt ein wertvolles Andenken oder kann das weg? Am Tag danach erreichte auf geheimen Kanälen ein Foto mein Handy. Traudi kurz vor zwei, der Verwackelungsgrad des Bildes in etwa gleichwertig mit dem der dargestellten Person und vermutlich auch der Fotografin...

Aber: Schwamm drüber. Fasching ist vorbei, die Glitzerklamotten verräumt, und wir haben jetzt ein Jahr Zeit, die vielen „Uiuiuiuiuiui's" und „Wowowowowow's" aus dem Kopf zu kriegen. Sollte eigentlich klappen, oder?!

Goodbye, Norma Jean!

Fasching, Fastnacht, Karneval – ganz egal, wie Sie es nennen: Diese Zeit jetzt bietet Gelegenheit einmal im Jahr jemand anders zu sein. Jemand ganz anderes oder gar etwas ganz anderes. Manche träumen ja offenbar von einem Leben als Marienkäfer oder als Banane, als Bratwurst oder Ketchupflasche. Würde man das im Sinne der Reinkarnationstheorie betrachten, dürfte man wohl durchaus von schlechtem Karma sprechen. Aber jedem das Seine. Wenn man so die einschlägigen Verkleidungslieferanten im Internet anschaut, stellt man fest: Alles geht: So fand ich beispielsweise das Kostüm „Party Popper", „bestehend aus formstabiler Toilette mit drahtverstärkter Klobrille, angenähten, wattierten Beinen mit heruntergelassener Unterhose aus Elastik-Jersey, Oberteil aus Elastik-Jersey, hinten mit Klettverschlüssen zum Befestigen an Spülkasten". Auch diese Verwandlung würde ich karmatechnisch als äußert fragwürdig bewerten. Und wie das so mit Zombies ist, für die man sich offene Halswunden („Zombie-Fraß") und Einschusslöcher aus Latex bestellen kann, ist mir auch noch ein Rätsel. Aber es geht ja auch nicht nur ums Karma, genauso wenig wie um den guten Geschmack, deutlich sichtbar an den vielen überdimensionierten Geschlechtsteilen, die man sich bei maskworld oder Buttinette bestellen kann und von denen man vielleicht auch nach Fasching noch profitiert. Mehr auf jeden Fall als von einer klaffenden Gesichtshälfte oder einer mannshohen Bananenschale. Aber wer weiß...

Ja, und ich? Ich wollte in diesem Jahr endlich, endlich meiner wahren Bestimmung nachgeben und als mein zweites Ich gehen. Wahrscheinlich wussten Sie es nicht, aber es gibt Anzeichen, dass ich die Reinkarnation von Marylin Monroe bin (Bitte fragen Sie mich jetzt nicht, ob das im Sinne der Karmatheorie ein Aufstieg oder ein Abstieg ist.) Allerdings wurde mir das recht kurzfristig bewusst, sodass meine Recherche nicht besonders intensiv ausfiel. Nur darauf lässt es sich eigentlich zurückführen, dass ich nicht so hundertprozentig mit diesem tollen weißen Kleid – Sie wissen schon, Marylin mit hochgewehtem Kleid auf einem U-Bahn-Schacht – zufrieden war. Es saß einfach nicht gut. Und es war rückenfrei. Tja, und rückenfrei ist ja so eine Sache, über die ich mich hier nicht weiter äußern will. Nur so viel: Schon Susanne

Fröhlich berichtete in ihrem Buch „Moppel-Ich" über merkwürdige Haltegriffe beidseitig am Rücken, die man gnädigerweise von vorne nicht sieht. Von hinten dann aber doch, woraufhin mir meine Freundin zu einer Rückenplastik riet. Eine Rückenplastik! (Meine Ex-Freundin im Übrigen.) Eine andere riet mir zu einem nacktfarbenen Theater-Unterkleid, das ich aber in der Schnelle der Zeit nicht mehr auftreiben konnte. Als eine dritte Freundin mir dazu riet, unter das Kleid einen kleinen Fön einzubauen, der es in regelmäßigen Abständen U-Bahn-artig hochblasen würde, wusste ich: Das kann ich in diesem Jahr auf keinen Fall mehr schaffen! Und ehrlich gesagt, war die Marylin-Monroe-Perücke auch nur halb so glamourös wie auf dem Verpackungsbild. Was mich am Ende auch nicht verwunderte, schließlich hatte ich sie im Horror-Shop bestellt. Und das war vielleicht auch nicht die beste Wahl. Augen auf bei der Wahl des Kostümlieferanten, sage ich nur! Also ging jetzt alles retour. Zurück ins Internet, goodbye, Norma Jean! Vielleicht sehen wir uns ja im nächsten Jahr wieder, dann allerdings mit so viel Vorlauf, dass die Haltegriffe am Heck verschwunden sind oder alternativ Zeit ist, ein hautfarbenes, rückenfreies Hochleistungsmieder zu beschaffen. Und einen kleinen Fön mit integrierter Zeitschaltuhr.

Vielleicht wäre es aber auch eine Idee, als gealterte Marylin zu gehen, als Marylin mit fünfzig, mit grauen statt platinblonden Locken und mit altersgerechten Verschleißerscheinungen, Körpererweiterungen und Ausbuchtungen, das Kleid vergilbt und gemütliche Puschen an den Füßen...

Für dieses Jahr ist das erstmal egal: Das Schicksal war gnädig mit mir. Pünktlich zum Weiberfasching schenkte es mir einen so kräftigen grippalen Infekt, dass ich jeder weiteren Veranstaltung fernbleiben musste. Es sei denn, ich wäre vielleicht als wandelndes Virus gegangen. Aber das will ja keiner sehen.

Hel--------------atschie!

(Fast) Alles neu!

Kennen Sie das?! Wenn alles noch so neu ist, dass man es kaum benutzen mag? Und wissen Sie noch, wie weh Ihnen die ersten fetten Kratzer auf dem nigelnagelneuen Holztisch getan haben? (Ich schließe jetzt mal von mir auf die Allgemeinheit.) Fast körperlich spürt man es, wenn sich der Kugelschreiber beim schnellen Notieren durch das Papier in die eben noch unversehrte Tischplatte gräbt, oder schlimmer noch, die heiße Pfanne aus der Hand rutscht und eine tiefe Kerbe im jungfräulichen Holz hinterlässt. Danach ist alles nur noch halb so schlimm, wie man weiß, und das ist ja auch sehr tröstlich und erleichtert das Leben. Die zweiten, dritten und alle weiteren Kratzer nimmt man kaum noch zur Kenntnis, im Gegenteil: Angeblich freut man sich ja, wenn die Dinge um einen herum von jeder Menge Leben zeugen und mit ihren Bewohner altern, wobei ich insgeheim schon hoffe, dass ich noch nicht ganz so einen verranzten Eindruck mache wie unser Holzfußboden im Wohnzimmer. Ein wenig ungerecht ist es auch, dass man die meisten Dinge, wenn sie ganz und gar unansehnlich geworden sind, ersetzen kann, sich selbst aber und meist auch sein gealtertes Gegenüber behalten muss. Gut, so kleine Einzelteile wie Hüften, Kniegelenke oder Brustimplantate gibt es auch schon mal neu, aber alles in allem müssen wir schon zu den Spuren der Zeit stehen. Was gar nicht so leicht ist, besonders, wenn man sich ansonsten gerade mit richtig was Neuem umgeben hat.

Da war zum einen unser neuer Balkon, dessen Holzbelag fast einen wohnzimmerlichen Charakter aufwies. Sieht man mal davon ab, dass wir den ganzen letzten tollen Sommer ohne Balkon verbringen mussten, war es doch gut, dass der erst kurz vorm Winter fertig wurde. Wir hätten es nämlich unmöglich übers Herz gebracht, hier zu grillen und ihn mit Alkohol- oder gar Brandflecken zu entweihen. Schon die Vorstellung ging gar nicht. Anfangs habe ich nicht mal die Platzdeckchen dort ausgeschüttelt, aber das hat sich inzwischen gegeben. Ich hoffe, dass der Winter nun so ein bisschen Pracht mitwegnimmt und wir uns im kommenden Frühjahr dann ganz normal auf dem Balkon bewegen können. Nicht, dass wir noch einen Teppich oder sowas zum Schutz kaufen müssen!

Auch ein neues Schlafzimmer gab es gerade noch pünktlich zum Weihnachtsfest. Ein lang gehegter Traum von mir. Vielleicht zu lang gehegt, denn in diesem superneuen, schnörkel- und makellosen Ambiente legen sich nun jeden Abend zwei – schmeichelhaft ausgedrückt - mittelalte Körper in ausgebeulter Schlafwäsche ins Designerbett und vernichten damit das schöne Hochglanzbild, das sie selbst erschaffen haben. Aus einem Katalog für „Schöner Wohnen" würden wir mit Sicherheit wegretuschiert. Auch keine schöne Vorstellung. Im Bad geht es weiter. Hier prunkt seit wenigen Wochen ein Super-Duper-Spiegelschrank mit Maximal-beleuchtung und superhochauflösendem Kosmetikspiegel. So etwas hatte ich bisher nicht besessen, was mir im Nachhinein auch sehr sinnvoll vorkommt. Ich weiß nämlich wirklich nicht, ob man sich so etwas in unserem Alter noch antun muss!

Wie dem auch sei, es wird ja nicht besser, nur weil man es nicht sieht. Im Gegenteil. Vor wenigen Tagen habe ich mir vor diesem Spiegel das erste Nasenhaar meines Lebens gezogen. Bis dahin wusste ich gar nicht, dass ich so etwas habe. Auch was Neues, wenn auch wenig glamourös. Und habe ich nicht vorhin tatsächlich doch ein graues Haar aufblitzen sehen? Auch die Illusion, ich hätte für mein Alter ja noch eine ganz gute Haut, verschwindet vor dem schönen neuen Spiegel. Gut, dass ich bei den Umräumarbeiten ein einst versehentlich gekauftes (!) straffendes Serum gefunden habe, das die Zeichen der Hautalterung vermindert. Das benutze ich jetzt jeden Tag. Sieht man schon was?!

Ob ich nun doch langsam Probleme mit meinem Alter habe, fragen Sie. Nein, eigentlich nicht, nur mit meinem neuen Spiegel.

...das neue Zwanzig!

Wenn Sie diese Zeilen lesen, werde ich eine rauschende Party hinter mir haben, und wenn Sie es, so wie früher, als ich noch gedruckt unterwegs war, am Samstagmorgen tun, werde ich vermutlich noch friedlich schlummern oder langsam erwachen, mich schütteln, sehr wahrscheinlich eine Kopfschmerztablette nehmen und mit dem Aufräumen beginnen. Außerdem werde ich – allem Vernehmen nach - eine andere Frau sein, als ich heute, also einen Tag zuvor, noch war. Denn ich werde fünfzig sein. (Eigentlich ist mein Geburtstag heute schon, also am 27. Allerdings bin ich um 23:30 geboren, und ich finde, bei so einer Zahl darf man ruhig mal pienzig sein!)

„Na, wie fühlst du dich, so kurz davor?" – „Du siehst noch gar nicht so aus!" - „Fünfzig werden, ist gar nicht so schlimm – ich hab's auch geschafft!" – „Tröste dich, es trifft jeden mal!". So oder so ähnlich waren die ganzen gutgemeinten Tipps und verkappten Beileidsbekundungen in den letzten Tagen und Wochen. Ganz so, als ob man einen Ausschlag kriegt, gegen den man sich nicht wappnen kann, den man nie wieder loswird, an dem man aber auch nicht gleich stirbt. Wenn man Glück hat. Und natürlich fragt man sich dann, was dran ist, an dem Mythos Lebensmitte. Und was soll ich sagen: Keine Ahnung! Für mich persönlich gilt: Ich habe mich selten so wohl gefühlt. Ich war selten so viel unterwegs wie die letzten Jahre, und ich habe das Gefühl, dass die ganze Generation 60er-Jahre jetzt, nachdem viele Dinge (wieder) in trockenen Tüchern sind, ihr Leben genießt. Wohlwissend, dass das Glück nicht angeflogen kommt, manchmal nur kurz reinschaut, so kurz, dass man es gar nicht merkt. Dass das Glück, so es denn da ist, gehegt und gepflegt werden muss, dass man ihm immer mal eine Ruhepause gönnen muss – wie sich selbst vielleicht auch. Und man hat langsam eine Ahnung davon, dass das Leben endlich ist. Leider.

Oft wird ja propagiert, Fünfzig sei das neue Vierzig. Ich denke manchmal, es ist das neue Zwanzig: Viele in meinem Alter sind mehr auf der Rolle als ihre halbwüchsigen Kinder. Ich eingeschlossen. Unsere Geburtstagsfeiern finden nicht, wie früher, als die alten Leute fünfzig wurden, bei Schnitzel und gemischten

Braten an einer u-förmig gestellten Tafel im Saal der Dorfwirtschaft statt, sondern sind einfach coole Partys mit jeder Menge Musik, netten Getränken und den Menschen, die man im Lauf einer inzwischen doch recht anschaulichen Anzahl an Jahren so aufgesammelt hat. In jedem Lebensabschnitt bleiben ein, zwei oder mehr an einem hängen: Schön ist das!

Da macht es auch nichts, wenn man sich morgens im Bad erstmal nicht erkennt, weil einen diese verknitterte Person, die einem da im Spiegel begegnet, stark an die eigene Großmutter erinnert. Eine Dusche, ein kleines Peeling und eine Runde Makeup später sieht alles schon gar nicht mehr so schlimm aus. Und irgendwie haben sie sich ja auch gelohnt, die ganzen Falten:

Die beginnende Alters-Nonchalance setzt jetzt mit Macht ein: Muss ich mich wirklich noch über alles aufregen? Nein, es sei denn, es ist männlich, trägt ein gelbes, abgewetztes Eichhörnchen auf dem Kopf und fasst Frauen in den Schritt. So langsam fängt man an, sich auf das Wesentliche zu konzentrieren, über Fehler aller Art, falls es geht, gnädig hinwegzusehen, und seine Energie auf das wirklich Wichtige zu lenken. Soweit der Mythos. Aber ich will es zumindest versuchen. Das mit der Altersmilde und später vielleicht auch mit der Altersweisheit. Obwohl ich, wie ich heute Morgen beim Verschütten meines ersten Geburtstagssektes festgestellt habe, wohl wenig Chancen habe, eine andere zu werden: Ich werde hyperaktiv, multi-interessiert, chaotisch-kreativ und schusselig bleiben. Die Gene halt. Da machste nix.

Zum Abschluss noch ein Wort an alle, die vorhaben, in diesem Jahr fünfzig zu werden – und das sind schon allein in meinem Freundeskreis fast alle: Wir haben herrliche Zeiten hinter uns! Bei der Zusammenstellung meiner Playlist habe ich festgestellt, dass es seit den Neunzigern eigentlich kaum noch gute Musik gibt – von einigen Ausnahmen abgesehen. Wir sind vermutlich die Letzten, die sich an ein Leben ohne Handy und Computer erinnern können, und daher noch imstand wären, per Postkarte zu kommunizieren. Wir kennen Zeiten, in denen wir atemlos vorm Radio saßen, weil wir über Mikrophon die Hitparade auf Kassette aufgenommen haben, unsere Chats waren heimlich verschickte und von der

Freundin hin- und hergetragene Briefchen in Streichholz-schachteln... Ach jaaaa......

Und noch was: Es liegen herrliche Zeiten vor uns. Ich bin mir da ganz sicher. Auch wenn wir vielleicht wieder ein bisschen mehr dafür tun müssen, sowohl in kosmetischer als auch in politischer Hinsicht. Also: Hoch mit dem Allerwertesten und Weitermachen – das wünsche ich mir und allen Neu-Fünfzigern und – Fünfzigerinnen in diesem Jahr. Eine geile Party ist dafür sicher nicht der schlechteste Start!

So hot!

Ist Ihnen das auch schon mal passiert, dass an Ihrem Auto, das – zumindest für den subjektiven Betrachter – seine besten Zeiten schon hinter sich hatte, so ein kleines nettes Kärtchen steckte: „Kaufe Ihr Auto zu gutem Preis" oder so ähnlich – mit einem grellen Bild, das unserer Lieblingskarosse ein zweites Leben in Osteuropa prognostizierte? Und ärgern Sie sich dann? Ich schon. Ich finde, kein Mensch – auch nicht der autodidaktische Autoaufkäufer mit Migrationshintergrund – hat das Recht, mein Auto alt zu finden.

Seit ich fünfzig bin, komme ich mir allerdings selbst manchmal so vor wie ein mittelaltes Wrack, das seine besten Zeiten – wie das geliebte Auto – längst hinter sich hat: Bei der Vorsorge-untersuchung kriegt man schnell und diskret ein Briefchen für eine Stuhlprobe hingeschoben und dazu den Tipp, sich doch in nächster Zeit Termine zur Darmspiegelung, zum Hautscreening, zur Mammographie und zur Knochendichtemessung auszumachen. Das Gespräch über Klimateriumsdepressionen liegt nach so vielen Information auf der Hand und wird ungefragt und prompt mitgeliefert und wahrscheinlich auch abgerechnet. Ein Wunder, dass ich nicht gleich das große Heulen bekommen habe, denn beim letzten Besuch beim Frauenarzt wurde mir schlagartig klar, dass jeglicher Optimismus angesichts meines Lebensalters unangebracht ist. Gut, dass ich zum Fünfzigsten zumindest nochmal eine fette Party gefeiert habe – wahrscheinlich war es die letzte!

Der Zahnarzt rät einem dazu, jetzt nochmal richtig schön die Zähne machen zu lassen, bei der Hautärztin kann man sich auf großen Plakaten anschauen, wie man schnell und einfach alle Altersflecken an den Händen weglasert bekommt, und kann es eigentlich Zufall sein, dass mir immer häufiger Werbung für Hilfsmittel aller Art ins Auge fällt, auf die ich früher gar nicht geachtet habe: „Vagisan" für Sie wissen schon, „Deseo" für Sie wissen auch schon oder „Tena Lady" für - das wissen Sie auch schon. Und dann diese vielen Mittel, wie man gut und schön und entspannt durch die Wechseljahre kommt. Nachtkerzenölkapseln, Rotklee-Isoflavon-Kapseln, Klimaktoplant...

Wechseljahre, wenn ich das schön höre! Keine Party, wo nicht mindestens eine von uns ihre Hitzewallungen bis ins Detail beschreibt, ihren Schwindel und die wankelmütige Größe ihres Gewichts im Allgemeinen und ihrer Brüste im Besondern. Neulich, als mir warm wurde, einfach weil es warm war, rief mir gleich eine zu „Gell, das ist was mit den Wechseljahren!" Häh?! Mir ist schon immer warm, schon immer! Wechseljahre – ich! Dass ich nicht lache! Oder heißt das vielleicht, dass ich schon seit dreißig Jahren in den Wechseljahren bin? Wenn nein, muss ich mich vielleicht darauf gefasst machen, dass ich – sollte es dann doch noch schlimmer werden – mein Leben als vor Hitze geschmolzener Fettfleck beende?

Ja, ja, die Zeichen der Zeit sind gnadenlos: Alles wird ja ein bisschen wabbeliger und unschöner, da ist man froh, wenn man wie ich zumindest gute Gene hat, was die Haarfarbe betrifft: Auf dem Kopf habe ich nämlich so gut wie kein graues Haar, was ich allerdings für einen Stock tiefer schon nicht mehr behaupten kann. Und wenn wir schon dabei sind: Als ich letztens mal seit Jahren wieder in der Sauna war, stellte ich fest, dass man das Alter nicht nur an Falten und Kratern erkennen kann, sondern auch an der Frisurenmode in der Körpermitte. „Alt, fett und unrasiert", schoss es mir durch den Kopf angesichts der vielen Frauen um mich rum, die irgendwie immer jünger werden. Für wie auch immer geartete Hilfsmaßnahmen war es da, mitten in der Sauna, aber bereits zu spät. Zu spät. Zu spät. Doch ich hatte eine Idee, um meinem alten Leben wieder ein wenig Drive zu geben – für den Fall, dass es extrem langweilig wird: Wenn ich demnächst mal wieder das Abenteuer suche, dann finde ich es vielleicht schon um die Ecke: bei „Wax your body" oder „Wax in the City".

„Wenn du fünfzig bist und morgens aufwachst und dir nichts wehtut, bist du tot." An diesen Spruch muss ich öfter mal denken, wenn ich mich morgens aus dem Bett schaffe und das Gefühl habe, alles muss sich jetzt erstmal an Ort und Stelle zurechtruckeln. War das früher auch schon so? Natürlich nicht. Macht es mir wirklich so viel aus, wie es sich jetzt hier anhört? Natürlich nicht! Solange ich morgens noch selbstständig die Kaffeemaschine und abends den Korkenzieher betätigen kann, kriege ich meine restlichen Tage sicher auch noch gut rum. Und wenn nicht, suche ich mir einfach ein paar Frauen und heule mich mal richtig schön aus. Bei einem kleinen Nachtkerzencocktail vielleicht. Und wenn's nichts zu heulen gibt, dann wird gefeiert. Und wie! Weiß ja kein Mensch, wie lange wir noch haben!

Traudi Spezial

(oder geht das nur mir so?)

Eigentlich...

„Eigentlich bin ich ganz anders, nur komme ich so selten dazu."
Natürlich ist dieser schöne Ausspruch nicht von mir, leider, leider!
Ödön von Horváth hat ihn in seiner Komödie „Zur schönen
Aussicht" einer gewissen Ada Freifrau von Stetten in den Mund
gelegt, die mir allein aus diesem Grund schon sympathisch ist.
Hätte der Dichter dies nicht getan, könnte dieser Satz durchaus
von mir sein – sofern ich drauf gekommen wäre -, denn eigentlich
bin ich auch ganz anders.

Eigentlich bin ich nämlich ordentlich und gut organisiert, auch
wenn ein Blick auf meinen Schreibtisch einen anderen Eindruck
vermittelt. Ich komme nur nicht dazu aufzuräumen, weil dauernd
was anderes ist. Und eigentlich weiß ich auch, dass so ein Tag nur
24 Stunden hat, aber was, wenn der Tag das nicht weiß? Und
eigentlich bin ich auch immer ruhig und gelassen, allerdings nicht,
wenn die Umstände es nicht zulassen. Und weil das eigentlich alles
immer so ist, will ich zum neuen Jahr eine Lanze brechen für ein
völlig zu Unrecht verpöntes kleines Wort, das in seiner Eigenschaft
als Adverb eigentlich zutiefst menschlich ist und dem Unperfekten
im Leben eine Ausdrucksmöglichkeit verleiht. Und die braucht man
doch unbedingt! Denn natürlich weiß man immer, wie es eigentlich
sein müsste, obwohl es dann doch nicht so ist.

Viele meiner Bekannten, viele Coaches und Berater plädieren
vehement dafür, das Wort „eigentlich" aus seinem Wortschatz zu
streichen. Stets mildere es ab, was man eigentlich (!) sagen wolle,
es nehme der Aussage die Klarheit, die Bestimmtheit. Außerdem
seien es gerade Frauen, die – stets um Harmonie bemüht, wie sie
nun mal sind - dann doch lieber nicht so ganz vehement auftreten
und so ein verschüchtertes „Eigentlich wäre es mir anders lieber"
hinhauchen. Das ist natürlich blöd, sehe ich ein. Und in der Tat
sollte man klar sein, wo man klar sein will: „Das ist mir anders
lieber!" Aber in vielen Dingen ist das Leben einfach nicht klar und
eindeutig. Da ist es eben eigentlich so, aber eigentlich auch so,
wenn Sie wissen, was ich meine.

Gerade an den vergangenen Feiertagen konnte man wieder sehen,
wie wichtig dieses Wort für das gesamte menschliche
Zusammenleben ist. „Eigentlich wollte ich ja nicht mit meiner

ganzen Familie Weihnachten feiern", hieß es da (nicht bei mir, wohlgemerkt), „aber dann saßen wir doch wieder alle bei meinen Eltern im Wohnzimmer." Was vermutlich zumindest die Eltern gefreut haben dürfte, und da kann man eigentlich auch mal was machen, was man eigentlich nicht will. „Eigentlich wollte ich heute Abend ja mal auf der Couch bleiben." „Eigentlich bin ich ja Vegetarier." „Eigentlich habe ich ja genug Handtaschen." „Eigentlich wollte ich ja mehr Sport machen." Aber dann hat es eben doch nicht geklappt...

Jetzt werden natürlich alle Selbstoptimierungsexperten rufen: „So geht das nicht! Wenn man schon gleich ‚eigentlich' sagt, zeigt man nur, dass man es nicht ernst meint, nicht mal vor sich selbst." Mag sein, aber so sind wir eben. Manchmal schwach. Ich zumindest, und ich hoffe, die eine oder der andere da draußen auch. Fast niemand kommt an diesem Wort vorbei, außer er nimmt es sich ganz fest vor. Und selbst dann ist es schwierig. Synonyme gibt es ja genug: „Im Grunde", „an und für sich", „gewissermaßen"... Ich glaube ja, dass das Wort „eigentlich" nur deshalb so unbeliebt ist, weil es uns ständig vor Augen führt, was wir eigentlich sollten – warum wir das auch immer glauben –, aber letztlich nicht tun oder sind. Nicht immer konsequent, nicht immer fleißig, nicht immer umweltbewusst, nicht immer fair, nicht immer toll. Und deshalb mag ich „eigentlich" eigentlich. Es ist so nett zu mir und meinen Fehlern.

Wenn dann allerdings Sätze mit „Eigentlich habe ich ja nichts gegen Ausländer, aber,..." oder so ähnlich anfangen, kriege ich eine ernsthafte Krise mit diesem Wort und schließe mich jeder Kritik daran gerne an. Aber Blödheit kann man ja nicht mit einem einzigen Wort ausrotten, leider. Sonst würde ich drauf verzichten. Ehrlich.

#Traudi im #Wunderland

Da bin ich wieder! Zwei Wochen irrte ich durch eine fremde Galaxie, in der mir die Augen geöffnet wurden für die Geheimnisse der Sozialen Medien oder, wie wir Experten gerne sagen, der Social Media. Ich durfte eintauchen in die Welt von Facebook, Twitter, Xing, Instagram und Co. und stieß dabei in Räume, äh, in Kanäle vor, die ich nie zuvor gesehen hatte. Schon am ersten Tag war mir klar, was Angie damals meinte, als sie sagte „Das Internet ist für uns alle Neuland": Wie arrogant von mir, sie dafür zu belächeln, wähnte ich mich doch als versierte Nutzerin. Doch bei genauerem Hinsehen ist das Leben in den Social Media der Welt so bunt und vielfältig und so unendlich, dass man eigentlich immer nur von einem unbekannten Sonnensystem ins nächste vordringen kann. Und wieder ins nächste. Macht Spaß und ist aufregend, aber auch ein bisschen undurchschaubar und beängstigend. (Dass das Seminar an der IHK stattfand, relativierte die Aufregung leicht).

Tja, und so stürzte ich mich also in das Abenteuer und lernte als erstes, dass – vermutlich aus Verwechslungsgründen – die Social Media nicht mit SM, sondern mit SoMe abgekürzt werden. Da war ich schon mal ganz schön froh – schließlich wäre ich sonst jetzt SM-Managerin und nicht SoMe-Managerin und würde damit sicher eine ganz andere Zielgruppe ansprechen. Apropos Zielgruppe: Die spielt natürlich eine große Rolle bei der Auswahl der richtigen Kanäle im Netz, denn wenn man in den SoMe um neue Kunden wirbt, muss man natürlich wissen, wo die sich befinden. Die CxOs der Welt, die Consumer, die Prosumer, die Content Creator und Content User, diejenigen, von denen wir Hits und Clicks und Likes und Shares und Conversions erwarten. Und um diese ganzen Aktionen irgendwie im Auge zu halten, monitoren wir sie mit Monitoring Tools, gerne auch Tracking Tools genannt. Wir ermitteln KPIs wie beispielsweise die CTR, um schließlich den ROI herauszufinden, der in diesem einen Fall mal nix mit Siegfried zu tun hat. Letzteren kennen die neuen Superstars am YouTube-Firmament natürlich nicht, denn dort tummeln sich, wie ich im hohen Alter noch erfahren musste, blutjunge Frauen wie Bibi H. und Katja Krasavice – also, was man bei der seriösen IHK doch alles lernen kann! Die verdienen wahrscheinlich ein Schweinegeld, aber natürlich machte ich mir direkt Sorgen um die Errungenschaften des Feminismus im Allgemeinen und im Besonderen – sorry, ich kann nicht anders -, was aber außer mir angesichts von Bibi H. räkelnd auf dem Bett niemanden interessierte. Und so ein bisschen gemein finde ich es trotzdem, dass Bibi mit ihrem Liedchen "How it is (wap bap ...)" 2.225.668, in Worten zweieinviertel Millionen, Unlikes bekommen hat. Da hat wohl noch nie jemand HR4 gehört, oder! Wie dem auch sei, während ich lernte, was Instragram Husbands, Micro Influencer und Evangelists sind, lief ich bereits am zweiten Tag Gefahr, meine Muttersprache zu verlieren, zumal wir als Mensa einen kleinen Spanier um die Ecke auserkoren hatten und es offenbar eine neue Jugendsprache gibt, die sich mir auch bei zweitem und dritten Hinhören nicht erschließt. „Vong Niceigkeit her..." – Häh???? Hört sich eigentlich ganz süß an, aber irgendwie auch ein bisschen gestört, finde ich, und weiß gleichzeitig, es ist nur eine Frage der Zeit, bis „Vong Niceigkeit her" auf irgendeinem Werbeplakat einer Versicherung zu sehen ist, die auf jung macht... Von wegen alle Kanäle und so...

Es war eine harte Zeit, sage ich Ihnen. Besonders problematisch fand ich auch diese „Type Yes-Kultur", die im Netz offenbar herrscht, dort wo wir crossposten und wo sogar Verkaufen sozial, äh social, ist. Am Ende des Kurses surfte ich durch den Conversion Funnel, als hätte ich nie etwas anderes getan, von einigen Teaching Circles jetzt mal abgesehen. Ich kreierte in meinem geschundenen Hirn noch das neue Wort Social Media Bitch, und hätte ich vorher erkannt, dass es sich auf das schöne Worte Elevator Pitch reimt, hätte ich vielleicht sogar noch ein Gedicht draus gemacht.

Nach fast einer Woche zurück aus dieser Galaxie habe ich meinen Jetlag ansatzweise überwunden, ERSTMALS seit dem Balkonsturz meines Mannes meine Kolumne nicht pünktlich gepostet, und auch ein gewisser Suchtfaktor ist geblieben, der mich dazu verleitet, wie eine Wilde Likes und Shares im Netz zu verteilen. Ich habe sogar ein Twitter-Profil und bei LinkedIn bin ich auch. Wenn ich jetzt bei all dem noch Zeit für mein richtiges Leben hätte, könnte ich auch hier und da was Echtes posten. So muss ich mich leider mit ein wenig Shared Content zufriedengeben, den ich im Netz so finde – die anderen machen's ja auch schön. Nur heute nicht, heute nehme ich meins.

Schein-reich

Neulich ging mein Portemonnaie wieder mal nicht zu. „Ich hätte gar nicht gedacht, dass man mit der Schreiberei so viel Geld verdienen kann", werden Sie sich jetzt vielleicht sagen. Kann man auch nicht, und leider war die Barschaft im Geldbeutel auch relativ übersichtlich. Allerdings fanden sich darin viele, viele andere Dinge aus Papier und Plastik, die ich aussortieren kann, so oft ich will, und die doch immer wieder und wieder in irgendeiner Form auftauchen und sich breit machen: Da sind zum einen die ganzen EC-Belege, die ich unverdrossen sammle. Wozu, weiß ich auch nicht. Sie verschwinden in regelmäßigen Abständen in einer Plastikhülle, und noch nie, wenn ich einen gesucht habe – was selten genug vorkommt -, habe ich ihn darin gefunden. Dazwischen tummeln sich Steuerbelege jeglicher Art, die ich natürlich auch dann und wann aussortiere und einer anderen Zwischenstation zuführe, wo schon viele, viele weitere Zettel sich auf ihre Gesellschaft freuen, um in regelmäßigen Abständen meine Steuerberaterin vor unlösbare Probleme zu stellen. Nach wenigen Tagen bereits ist das geleerte Fach im Portemonnaie wieder voll. Von selbst. Mit Zetteln aller Art. Doch das ist nicht alles:

In die elf (!) Kartenfächer des Geldbeutels quetschen sich 31 (in Worten: einunddreißig!) Karten und Ausweise: Versicherten-kärtchen von den Kindern und mir, Rabattkarten von Lebens-mittelläden, Deko-Shops und Kaffeeröstern, die praktische Bezahl-karte eines schwedischen Möbelhauses, das mich netterweise in seine Familie aufgenommen hat, dazu ein Organspendepass, zwei Kreditkarten (von denen ich eine noch nie benutzt habe, aber man weiß ja nie, und wenn man sie schon hat...), zwei EC-Karten. In den größeren Fächern ruhen der Förstina-Treuepass und zwei Waschstraßen-Sammelkarten, von denen die zweite ausgestellt wurde, als ich die erste in dem Gewühle nicht fand. Daneben finden sich vier Gutscheine, die ich jedes Mal nicht hervorhole, wenn ich den betreffenden Läden bin. Einer dieser Gutscheine ist aus dem Jahr 2003, die Bezeichnung „DM" geradeso durchgestrichen und durch „Euro" ersetzt. Vielleicht kann ich den ja mal als historisches Dokument teurer verkaufen als sein nomineller Wert von 6 Euro es vermuten ließe. Überhaupt: Was will ich eigentlich mit einem 6-Euro-Gutschein aus einem Schuhgeschäft? In Lauterbach?! Und wie komme ich überhaupt dazu?

Und wie komme ich zu den anderen Gutscheinen, die ich – extra für diese Glosse – im Rahmen meiner Möglichkeiten mal zusammengesucht habe? Wir bekamen sie ausschließlich geschenkt, denn – das weiß ich ja von mir selbst: „So ein Gutschein ist doch viel schöner als Geld. Und viel persönlicher." Und viel nachhaltiger ist er offenbar auch – die wenigsten verlassen jemals wieder das Haus! Obwohl ich erst vor wenigen Jahren den letzten DM-Gutschein eingelöst habe – in einem Alsfelder Geschäft, wo er lange vor meiner Alsfelder Zeit erworben worden war, damit er sich sehr lange in der hintersten Ecke irgendeines Schrankes verstecken konnte -, obwohl ich also diesen Gutschein inzwischen eingelöst habe, gibt es unter den noch vorhandenen immer noch ziemliche Altertümer. Einen von einer hiesigen Pizzeria aus dem Jahr 2009.

Aktuell könnte ich mich vor dem Pizzeriabesuch, wo ich für 5 Euro speisen könnte, für 30 Euro kosmetisch verschönern lassen. Und weil ich von den 5 Euro nicht satt würde, könnte ich für weitere 105 Euro mit meiner Familie Essen gehen – allerdings an vier verschiedenen Orten, was ja durchaus seinen Reiz hätte. Wenn wir satt wären, könnten wir für weitere 105 Euro ins Kino gehen, oder für 80 Euro in diversen Shops alles Mögliche erwerben. Danach wären wir wohl alle ziemlich geschafft: Da kämen uns dann die 109 Euro gerade recht, für die wir verschiedene Sauna- und Wellnessangebote wahrnehmen könnten. Ach so, und für 25 Euro könnte ich mir ein Buch kaufen – ein Gutscheinbuch vielleicht, mit ganz vielen guten Scheinen drin. Schein-reich zu sein ist eigentlich echt schön. Ich glaube, ich bleibe es noch ein bisschen...

Lieblingsfehler

Da war er wieder, mein Lieblingsfehler! Und wie jedes Mal, wenn er mir hinterhältig auflauert, könnte ich mich – wenn ich es könnte – in den Allerwertesten... Sie wissen schon. Welcher Lieblingsfehler, wird mein Mann fragen. Meint sie, dass sie sich keine Zahlen merken kann und nie genau weiß, was auf unserem Konto so los ist? Welcher Lieblingsfehler, werden meine Freunde fragen. Meint sie, dass sie ihre Termine nicht im Griff hat und dauernd unsere Verabredungen absagen muss? Welcher Lieblingsfehler, wird mein Redaktionsleiter fragen. Meint sie, dass sie uns ständig ungespeicherte Dokumente schickt und ewig noch das richtige Dokument hinterherschicken muss?

Nein, das meint sie alles nicht, das sind ja nur so Zweit- und Drittfehler. Sie meint ihr Namenserinnerungs- und vertauschungsproblem. Gerade in der letzten Woche hat es wieder gnadenlos zugeschlagen, als ich aus einem Herrn Selzer einen Herrn Sommer gemacht habe und es, wie in meinem Job leider nun mal üblich, auch gleich wieder für alle lesbar in der Zeitung stand. Knapp sechseinhalbtausendmal. Wie schön! Mein Redakteur weiß, wovon ich spreche. Ich kann aus jedem Namen etwas machen. Meist etwas anderes. Woher das rührt, keine Ahnung. Es muss etwas mit meinem Unterbewusstsein zu tun haben. Hinterhältig ist das Ganze, weil die Namen der Leute in meinen Artikeln in der Regel auch ein- oder zweimal richtig sind, sodass man beim Korrekturlesen gerne mal drüber weggeht. Warum mir die Fehler dann aber immer sofort ins Auge stechen, wenn sie in tausendfach gedruckter Form vor mir liegen, ist mir ein Rätsel. Wahrscheinlich auch so was Unterbewusstes.

Ich habe schon aus einer Frau Weiß eine Frau Klein gemacht, aus einer Ulrike eine Ute, aus einer Daniela eine Kerstin (oder war es umgekehrt?) und aus einem Mann den bekannten österreichischen Schriftsteller Arthur Schnitzler, worüber weder der eine noch der andere sich wohl freuten bzw. gefreut hätten. Fast dramatische Auswirkungen hatte es, als ich den Ort Udenhausen seinerzeit mit Grebenau gleichsetzte, nicht ahnend, dass diese Beziehung auch ohne meinen Fehler schon hochbrisant war. Und das sind nur die Aussetzer, die mir spontan einfallen!

Richtig peinlich war, was mir mit der Schauspielerin Ina Rudolph passiert ist. Sie wollte nämlich den Beitrag über ihre kulinarische Lesung in Alsfeld gerne auf ihre Website stellen. Ich ahnte, dass dies mein Durchbruch sein würde, dass es sich endlich manifestieren würde, dass ich zu mehr berufen bin, als für die OZ zu schreiben, und schickte ihr freudestrahlend meinen Beitrag in die Hauptstadt. Dass ich heute noch hier an dieser Stelle für Sie schreibe, lässt erahnen, dass irgendetwas furchtbar schief gegangen ist. In den Beitrag über die Lesung schlich sich nämlich – vorlaut wie sie nun mal ist – die von mir sehr verehrte Ina Müller. Was natürlich Ina Rudolph sogleich bemerkte und für eine Veröffentlichung nicht so wirklich vorteilhaft fand. Aus die Maus. Mir nichts dir nichts richtete ich eine Word-Option ein: Wann immer ich nun das Wort „Ina" schreibe, kommt das Wort „Rudolph" hinterher. Ich hoffe, dass ich das merke, sollte ich jemals über Ina Müller schreiben. Leider hat mich dieser Trick nicht vor einem weiteren Fehler geschützt. Ina Rudolph war nämlich bereit, mir eine zweite Chance zu geben. Auch in diesem Jahr wollte sie meinen Beitrag wieder auf ihre Website stellen. Leider habe ich da vergessen, den Untertitel meines Beitrages zu korrigieren, sodass dieser sich noch auf die Lesung vom Vorjahr bezog. Mein zweitliebster Fehler, zumindest zeitungstechnisch. Ja, ja, wenn erstmal der Wurm drin ist...

Gut nur, dass die Zeitung von heute morgen schon wieder Altpapier ist. Auch wenn sie sechseinhalbtausendmal gedruckt wurde. Ansonsten bleibt mir nur übrig, für ein wenig mehr Fehlertoleranz zu werben – bei mir und bei Ihnen. Schließlich macht nur derjenige keine, der gar nichts tut... Und das wollen wir dann ja auch nicht!

Faszien --- ierend!

Neulich hatte ich eine interessante Begegnung, eine faszinierende geradezu. Ich bin meinen Faszien begegnet. Zugegeben, es war recht schmerzhaft, aber mein Osteopath sagte mir, das sei nur am Anfang so. Faszien sitzen wohl irgendwo zwischen Haut und Knochen (wobei da in meinem Fall auch noch gewisse andere Schichten mit im Spiel sind, auf die ich hier nicht näher eingehen möchte) und sind ein „bandförmiges, sehr reißfestes kollagenreiches Gewebe, das alle Teile des Körpers zusammenhält", finde ich die Erklärung im Internet, und dazu sehr plastisch beschrieben: „Ohne Fasziengewebe wären wir ein Haufen Einzelteile!" Ah-a!

Wenn ich meine Faszien regelmäßig bearbeiten würde, erst mit der weichen, dann mit der mittleren und bald auch mit der harten Rolle, würde ich es bald nicht mehr spüren. Meine Faszien würden sich entspannen und dafür sorgen, dass ich weiterhin so schön beweglich bliebe wie ich bin. Was mir ganz recht wäre. Und man muss ja auch ständig an sich arbeiten, schließlich leben wir im Zeitalter der Selbstoptimierung, in dem wir selbst schuld daran sind, wenn wir faltig, krank und unbeweglich werden. Allerdings müsste ich zu diesem Zweck irgendwie ein intimeres Verhältnis zu meinen Faszien entwickeln, was sich nicht nur als schmerzhaft, sondern auch als zeitintensiv herausstellt. Wobei wiederum die Definition von „zeitintensiv" auch sehr personenkreisabhängig ist.

Während ich nämlich in meinem übervollen Tagesplan keine zehn Minuten sehe, die ich mich relativ unbekleidet, ungestört und ungesehen auf dem Fußboden eines unserer vollgestellten Zimmer über die Faszienrolle wällern könnte (wie der Oberhesse sagen würde), glauben die Faszien-Fanatiker, dass zehn Minuten am Tag doch wohl gar kein Problem seien. Seine Faszien bearbeitet man am besten auf einem glatten Untergrund. Den hätten wir im Wohnzimmer. Dort allerdings öffnet ein großer Glasgiebel den Blick zu unseren Nachbarn, die sicher sehr viel Freude an meinen Übungen hätten. Wie dem auch sei: Natürlich war ich von der ersten Faszienbegegnung und der Logik dahinter so fasziniert, dass ich mir gleich eine Faszienrolle gekauft habe, für Zuhause. Mit Übungs-CD. Woran erinnerte mich das bloß?

Genau! Es war noch gar nicht allzu lange her, dass ich in großer Versuchung war, mir eine Pilates-DVD zu kaufen. Auch da scheiterte es an der möglichen Ausführung, denn unser Fernseher (für die DVD) steht unglücklicherweise in unmittelbarer Nähe zu besagtem Glasgiebel. Wäre natürlich die Möglichkeit geblieben, sich die Pilates-Übungen abends gemütlich bei einem Glas Wein auf der Couch anzusehen, was sicher auch eine positive Auswirkung auf meinen Allgemeinzustand gehabt hätte. Wenn auch nur sehr indirekt auf meinen körperlichen. Mir fiel der Bauch-weg-Trainer ein, den ich mir vor vielen Jahren einmal voller Hoffnung und mit den besten Vorsätzen gekauft hatte. Heute teilt er sich ein eher vernachlässigtes Dasein mit einem Thera-Band, einem Pezziball, einem Fuß-Reflexzonen-Massageroller, einem Keilkissen, einem Paar Walkingstöcken und einem High-Tech-Rudergerät (das ich hiermit unkompliziert zum Verkauf anbiete) – stumme, traurige Zeugen eines guten Willens, der dennoch nicht zu Taten geführt hat. Das hat man ja manchmal. Ich zumindest. Doch die Hoffnung stirbt zuletzt. Und wenn doch, erwacht sie immer wieder neu! So habe ich mir vor wenigen Monaten ein Buch gekauft: „Fit ohne Geräte für Frauen – Trainieren mit dem eigenen Körpergewicht". Von Letzterem hätte ich durchaus genug, sodass das Training sehr effektiv sein könnte, wenn...

Wenn ich zu dem Zeitpunkt damit angefangen hätte, an dem ich das Buch gekauft habe, würden Sie mich vermutlich jetzt schon nicht mehr wiedererkennen, denn der Trainer verspricht einen knackigen Hintern, eine Brustmuskulatur, die den Busen anhebt, einen Rücken, der sich im Abendkleid sehen lassen kann (endlich!) und Beine, die in Shorts eine gute Figur machen (hmmmm!)...

Hört sich gut an, oder? Leider habe ich dafür aber gerade gar keine Zeit und keinen Ort und keine Gelegenheit. Außerdem muss ich mich ja jetzt erstmal um meine Faszien kümmern. Die werden sich wundern!

Bleiben Sie fasziniert!

Kalender Girl

„Ein Kalender ist eine Übersicht über die Tage, Wochen und Monate eines Jahres. Eine veraltete Bezeichnung ist Jahrweiser." So ist es in der Definition bei Wikipedia zu lesen. Und seit ich das getan habe, frage ich mich, warum ich für EIN Jahr VIER Jahrweiser brauche. Lohnen würde sich das eigentlich nur, wenn ich dann auch viermal so viel Zeit hätte, aber das ist nicht der Fall, wie sich Mal um Mal herausstellt, wenn ich versuche, die magische Zeitmauer zu durchbrechen.

Als ich noch nur einen Kalender hatte, ging es mir besser, finde ich rückblickend. Das war in der 5. Klasse, und meine Freundin Sigrid hatte mich kalendermäßig gerade mit einem Schülerkalender des bekannten Schneiderverlages angefixt – der Beginn einer Kalenderkarriere, die bis heute anhält und aktuell – so kann ich nur hoffen – ihren Höhepunkt findet. Aber der Reihe nach.

Als ich zu alt für den Schülerkalender wurde, folgte ihm der Öko-Kalender – es waren die 80er -, auf Recyclingpapier und mit vielen schlauen Tipps und halbesoterischen Ratschlägen, die bei mir nicht so richtig fruchteten. Ich verlegte mich auf den EMMA-Kalender, von dem ich jahrelang wichtige Impulse für mein Leben als Emanze erhielt, das mir bis zur Familiengründung auch relativ gut gelang. Ich verschenkte den EMMA-Kalender zu Weihnachten an alle meine Freundinnen, die es mir hin und wieder mit dem goldeingebundenen Kalender der BRIGITTE dankten. Warum eigentlich? Wie dem auch sei, bald hatte ich ein Filofax und experimentierte in der Küche mit einem Familienkalender, der immer eine Spalte zu schmal war und in den außer mir auch niemand etwas eintrug. Ich ließ es sein und führte noch lange ein schönes Leben mit meinen Kalendern, in die ich jedes Jahr die Geburtstage meiner Freunde übertrug und auch ihre Adressen. Wer nicht mehr aktuell war, durfte nicht mit ins neue Jahr, alles war schön und hätte es auch bleiben können. Doch diese Idylle fiel – wie so viele andere - der Digitalisierung zum Opfer.

Bald schon zückten die ersten Freunde ihre Handys, wenn es um Terminvereinbarungen ging, während ich stur mein Filofax oder meine neue Errungenschaft, den Moleskine-Tagesplaner, zur Hand nahm. Doch irgendwann fing auch ich an, meine Termine ins

Handy zu daddeln. Zusätzlich zu meinem schönen roten Moleskine-Kalender, der sich so gut anfühlt, ein Fach für Schnipsel und Zettel hat, die Dauer der wichtigsten weltweiten Flugverbindungen angibt und eine Umrechentabelle für internationale Maßeinheiten hat. (Nicht dass ich die schon jemals gebraucht hätte, aber es macht so einen tollen polyglotten, multikultivierten Eindruck – und das braucht man ja manchmal.) Damit meine Termine gesichert sind, hänge ich mein Handy täglich an meinen Computer. Die Termine und viele andere Dinge synchronisieren sich mit Outlook – der dritte Kalender, über den ich verfüge und der so schön bunt ist, wenn ich meine Termine ordentlich kategorisiere. Besonders die Monatsübersicht macht dann wirklich richtig Eindruck. Auf mich.

Seit ich nun halbtags wieder einer ordentlichen Arbeit nachgehe, habe ich einen weiteren digitalen Kalender für unsere Geschäftstermine im Team. Der Outlookkalender läuft dort aus Sicherheitsgründen nicht, sodass ich alle Geschäftstermine auch in meinen Moleskine-Kalender eintrage und in mein Handy tippe, das sich bei nächster Gelegenheit wieder mit meinem Rechner synchronisieren muss. Daneben, also neben dem Rechner, stapeln sich die kleinen Terminzettel, die ich mir trotz Handy immer wieder geben lasse – falls es mal zu einem unverhofften Datenverlust kommt. Wer wie ich schon einige davon erlebt, um nicht zu sagen verursacht hat, weiß diese Zettelwirtschaft zu schätzen.

Toll, wie die Digitalisierung mein Leben erleichtert hat – es ist einfach unglaublich! Ganz offenbar bin ich nicht so der Typ für strukturierte Systeme – genauso wenig wie für ein übersichtliches Zeitmanagement, das mit der Digitalisierung leider nicht von selbst angeflogen kommt. Hinweise meines Outlookkalenders wie „Dieser Termin kollidiert mit einem anderen" ignoriere ich wie früher schon, als sie nur nebeneinander zur selben Uhrzeit auf Papier geschrieben waren. Wird schon irgendwie gehen... Und wenn nicht, dann trage ich eben um: im Kalender, im Handy, im Computer – der letztendlich genauso geduldig ist wie Papier, auch wenn er vielleicht heimlich, hinter meinem Rücken, imstande ist, über mich den Kopf, nein den Bildschirm zu schütteln.

Ursprünglich geht das Wort Kalender übrigens auf das lateinische Wort Calendarium zurück. Das bedeutet Schuldbuch. Darüber sollte ich mal nachdenken, wenn ich dem neuen Tag ständig was vom alten schuldig bleibe...

Helfersyndrom

Es kann ja sein, dass es daran liegt, dass ich in einem EDEKA-Laden aufgewachsen bin. Wer schon mit sechs Jahren hinter der Wursttheke steht und fragt „Darf's ein bisschen mehr sein?", der hat ganz offenbar den Dienstleistungsgedanken so sehr verinnerlicht, dass die Hilfsbereitschaft aus jeder Pore quillt. Noch dazu, wenn dieser Jemand nach der am Markt gescheiterten Tante-Emma-Karriere in das Gastronomiegewerbe gewechselt hat und dort jahrelang mit strahlender Miene wildfremde Menschen nach ihren Wünschen fragte.

Und weil ich offenbar ständig mit dieser „Was-kann-ich-für-Sie-tun"-Frage im Gesicht rumlaufe, bekomme ich auch ständig gesagt, was ich für andere tun kann. Nicht nur zuhause, wo der Ausspruch „Das Nutella ist alle" bei mir reflexartig Aktivitäten zur Wiederbeschaffung in Gang setzt oder die Frage „Wo haben wir denn...?" mich aufschrecken und direkt mit der Suche nach was auch immer anfangen lässt. Nein, auch in Kneipen werde ich ganz häufig, beispielsweise auf dem Weg zur Toilette, angesprochen, ob ich noch einen Wein bringen könnte, in Kaufhäusern, ob es vielleicht noch andere Damenmode in großen Größen gibt oder ob die Bluse vielleicht so oder so oder so besser sitzt. Letzteres kann natürlich an dem rasanten Verkäuferinnenmangel der Neuzeit liegen. Ähnlich wie im Internet surft der Kunde ja in der Regel mutterseelenallein durch die Regale von Supermärkten und Kleiderständer der Kaufhäuser, bis er mit viel Glück an der Kasse, wo er seinen Warenkorb leert, auf lebende Personen trifft. Da liegt es natürlich nah, jemandem mit dem in Stein gemeißelten Gesichtsausdruck „Ich helfe gern" anzusprechen, und außerdem weiß ich in der Tat meistens, wo sich die Dinge befinden, die eine hilfsbedürftige Person sucht. Und wenn nicht, suchen wir gemeinsam! So viel Zeit muss sein.

Und weil ich so gern helfe und suche und finde und überhaupt, halte ich in der Regel auch überall Ausschau nach Menschen, die vielleicht Hilfe brauchen. In der Anmeldung im Krankenhaus schaue ich, ob auch wirklich alle checken, wie das mit dem Nummernziehen geht, ich halte Türen für Kinderwagenschieber-innen auf, ich hebe in Zugwaggons ungefragt Koffer nach oben –

auch wenn diese vielleicht grade mit Hilfe einer anderen hilfsbereiten Person nach unten gehievt wurden. Wenn man wirklich helfen will, dann darf man nicht lange fragen!

Selbst in der Hauptstadt sind die Menschen auf meine Hilfe angewiesen, wie ich am Wochenende feststellen durfte. Zunächst fragten zwei gutaussehende Pariser Damen im Schatten von Schloss Sanssouci meine Freundin und mich ganz ohne Umschweife auf Französisch, ob wir wüssten, wo sich das Chinesische Teehaus befände. Wir bedauerten – das aber in bestem Französisch - und trafen die beiden und ihre Ehemänner später an der Bushaltestelle wieder, wo sie beschlossen, uns zu folgen, um sicher und auf dem schnellsten Weg wieder zurück nach Berlin zu kommen. Wir halfen gerne und hätten ihnen beinahe noch unsere grade noch so ergatterten Plätze im übervollen Regionalzug überlassen, aber es waren ja nur zwei, und sie brauchten vier. Als sie ausstiegen, winkten sie uns freudestrahlend zu und wir waren ebenfalls sehr erfreut über diese Begegnung – Helfen hat schließlich auch eine egoistische Komponente: Es macht den Helfenden wichtig und damit glücklich.

Kaum waren unsere Franzosen aus dem Zug hatten wir schon die nächste Klientin am langen Arm: Eine junge Russin ohne jede Deutschkenntnisse hielt mir einen Reiseplan von Bielefeld nach Berlin unter die Nase und wollte wissen, wo sie aussteigen musste. Hauptbahnhof. Das würden wir ihr natürlich mit Leichtigkeit zeigen. Doch kaum war sie draußen, war sie auch schon wieder drinnen und hielt mir ihr Handy hin. Zwischen vielen Smileys, Herzchen und ganz viel Russisch poppte das Wort „Elsterwerda" auf. „Wenn sie dahin muss, hat sie es noch weit", ahnte meine Berliner Freundin, während unser Zug sich weiter in Richtung Friedrichstraße in Bewegung setzte. Die junge Frau hatte keine Ahnung, wo sie war, wo sie hinmusste und dass sie dafür eine neue Fahrkarte brauchen würde. Ihr Freund hatte ihr das Wort aufs Handy geschickt. Sie wurde zunehmend verzweifelt, als der vierte Automat, den wir ausprobierten, zwar endlich die Verbindung nach Elsterwerda ausspuckte, nicht aber ihre EC-Karte akzeptierte. Erstaunlicherweise versammelten wir eine ganze Reihe hilfsbereiter Personen um uns herum, die unseren neuen Schützling aber nicht davon abhalten konnten, in Tränen auszubrechen. „Freund schon böse", sagte sie nur, und kurz dachte ich, es sei vielleicht besser, sie bei der Bahnhofsmission abzugeben, als in den Zug in die Lausitz zu setzen, denn wer weiß, ob ihr Freund nicht einem der ältesten Gewerbe der Welt nachging... Aber wir wollen ja keine vorschnellen Urteile fällen.

Ich überlegte kurz, ihr die Fahrkarte zu kaufen, da sie kein Bargeld hatte – schließlich hatte ich in Potsdam auch Geld für ein sündhaft teures Paar Stiefel gehabt -, aber am Ende funktionierte ihre Karte dann doch. Wir ließen ihr einen Fahrplan bis Elsterwerda ausdrucken, ließen sie ihn fotografieren und an ihren Freund schicken, in der Hoffnung, dass er es gut mit ihr meinte... Als wir am Abend gemütlich bei einem Glas Wein saßen, dachten wir an sie.

Auf der Heimfahrt im Zug hielt ich mich mit Hilfsangeboten aller Art zurück. Ging auch.

Da-da-da, dada-dadadada

„Sehr geehrte Damen und Herren, wir begrüßen Sie in der Hersfelder Stiftsruine. Bitte beachten Sie, dass Essen und Trinken im Innenbereich der Ruine nicht erlaubt sind. Sie haben außerdem jetzt die letzte Gelegenheit, unbemerkt Ihr Handy auszuschalten." So oder so ähnlich klingt es derzeit allabendlich vom imaginären Band der Hersfelder Festspiele und so klang es auch, als ich eines Abends pünktlich um 20 Uhr mit der ganzen Familie dort saß. In der ersten Reihe, versteht sich. Und was jetzt folgt, Sie ahnen es, ist sehr peinlich. Für mich.

In der Regel werde ich nach einer solchen Durchsage ganz wuselig. Ich suche in den Tiefen meiner Handtasche, mit deren Inhalt ich locker drei, vier Tage ohne Weiteres überstehen könnte, nach meinem Handy, habe eine Schrecksekunde nach der anderen, weil ich es natürlich nicht sofort finde und sicher bin, es jetzt wirklich verloren zu haben, bis es dann doch zwischen Tempos, Schreibsachen und Pfefferminzbonbons zum Vorschein kommt. Meistens ist es dann schon lautlos gestellt, aber besser man schaut noch mal nach, stimmt's? Dann stelle ich es immer noch mal laut und wieder leise, damit ich auch ganz sicher bin. Das minimale Geräusch bei lautlosem Klingeln wird von meinen kleinen Habseligkeiten in der Handtasche auf jeden Fall absorbiert, also alles safe!

Das dachte ich auch an diesem Abend, zumal sich unter den Habseligkeiten in meiner Handtasche auch eine Wolldecke befand. Außerdem hatte ich mein Handy – wie fast immer in der letzten Zeit - zuhause schon lautlos gestellt, und wer sollte mich zudem um diese Zeit noch anrufen? Ich widerstand also meinem natürlichen Wuseltrieb und lehnte mich entspannt zurück in Erwartung eines schönen Theaterabends. Warum dann nur zehn Minuten später beim Prolog einer einzelnen Schauspielerin auf der Bühne mein Handy dennoch klingelte, weiß ich bis heute nicht. Es klingelte und zwar in diesem schönen I-Phone-Ton namens Xylophon, wissen Sie: Da-da-da, dada-dadadada. Da-da-da, dada-dadadada. Da ich Tendenzen habe, mein Handy meistens zu überhören und außerdem lange suchen zu müssen, ist es, wenn es denn an ist, so laut wie möglich eingestellt und auf so langes

Klingeln wie möglich, bis die Box anspringt. Diese beiden Möglichkeiten schöpfte mein Handy an diesem Abend in der ersten Reihe voll aus, während ich vornübergebeugt in meiner Handtasche nach ihm kramte. Darin befanden sich zu allem Überfluss auch noch die Jacken meiner Kinder und ein Poncho, was der Sucherei nicht gerade zuträglich war. Da-da-da, dada-dadadada. Da-da-da, dada-dadadada. Ich kramte und kramte, drückte am Ende die Tasche samt Inhalt zusammen, um den Ton zu dämmen, aber es klingelte und klingelte. Achtmal. Da-da-da, dada-dadadada. Dann endlich schwieg es

Ich überlegte kurz, ob ich einfach vornübergebeugt sitzen bleiben sollte und versuchen sollte, mich mit der in meiner Handtasche befindlichen Nagelpfeile durch die vor mir liegende Holzwand zum nicht benutzten Orchestergraben durchzusägen, um durch die unterirdischen Gänge der Stiftsruine unauffällig zu verschwinden. Stattdessen fand ich mein Handy, schaltete es leise und richtete mich langsam wieder auf. Ich hoffte insgeheim, dass in jeder Aufführung irgendein Idiot sitzt, dessen Handy klingelt, wobei es sicherlich von Vorteil ist, wenn dieser nicht wie ich in der ersten Reihe platzgenommen hat.

Peinlichkeiten dieser speziellen Art passieren mir seit einem sehr einprägsamen Ereignis recht selten. Ich saß einmal als einzige Pressevertreterin mit dem damaligen Landrat, dem damaligen Bürgermeister und dem damaligen Präses zusammen, als mein Handy klingelte. Meine Cousine war dran und wollte wissen, ob die Dings aus Heubach nun mit dem Dings aus Oberkalbach ein Verhältnis hat oder doch eher mit dem Dings aus Uttrichshausen. Sie hatte mich vorher noch nie angerufen und versuchte es im Lauf dieses Termins noch dreimal. Danach nie wieder. Seitdem ist mein Handy immer lautlos. Ich schwör'.

Als ich nach dem Abend in der Stiftsruine zuhause mein Handy endlich wieder anschaltete, vernahm ich auf der Box die Stimme einer sehr netten Bekannten, die mich zuvor auch noch nie angerufen hatte. Sie hatte von einer anderen sehr netten Bekannten noch Karten für die Stiftsruine am kommenden Sonntag bekommen. Ob ich mitwollte. Natürlich wollte ich mit. Ich hatte noch was gutzumachen!

Time to say goodbye…

Manchmal ist es Zeit sich zu verabschieden. Das denke ich jedes Mal, wenn ich auf die Speicherplatte Klassik stoße. Im landläufigen Sprachgebrauch ist sie eine Warmhalteplatte und sie tummelt sich in unserem Haushalt länger als ich, seit sie vor vielen, wirklich vielen Jahren als Verlobungsgeschenk der Tante Anneliese meines Mannes hier aufschlug zu einer Feier, an der ich nicht teilnahm. Kein Mensch hat die Speicherplatte Klassik jemals benutzt, und als die betreffende Verlobung unrühmlich zu Ende ging, beharrte sie auf ihrem festen Platz und verweilte viele Jahre in unserem Küchenschrank, bis ich sie irgendwann einmal aussortierte. Selbstverständlich ohne sie wegzuwerfen. Sie gehörte mir ja nicht! Seitdem kommt sie immer wieder bei den verschiedensten Aufräumaktionen in den Abstellkammern und Kellerräumen unseres Hauses zum Vorschein. Wie ein Jack in the Box scheint sie mich anzuspringen und zu rufen „Da bin ich noch!" Gerade erst letzte Woche wieder hatte ich sie in der Hand und stellte sie meinem großen Sohn vor. „Das ist die Speicherplatte Klassik – sie ist schon dreißig Jahre alt", sagte ich ihm zu ihm. Er schaute sich die Warmhalteplatte an und fragte: „Und wie speichert sie die Daten?" Außerdem fand er sie im Vergleich zu den heutigen Medien wie Chipkarten und USB-Sticks auch ganz schön groß. Aber das war ja früher so.

Da wusste ich, es ist Zeit, die Speicherplatte Klassik ein für allemal nicht nur aus meinem Haushalt, sondern dem ganzen Haus zu verbannen. Im Lauf der Jahre, fand ich, hätte ich mir dieses Verfügungsrecht sicher erarbeitet. Und viele andere Dinge, die sich so um sie herum angesammelt hatten, gleich mit. Manchmal ist es eben Zeit für einen Abschied. Ich eröffnete einen Haufen mit Elektroschrott, auf dem endlich auch zwei kaputte und „für alle Fälle" noch mal aufgehobene Bügeleisen landeten, denn welche Fälle könnten das schon sein, in denen man zwei defekte Bügeleisen brauchen würde – jetzt mal abgesehen davon, dass man sie vielleicht im richtigen Moment einem Einbrecher über den Kopf hauen könnte, aber dazu müsste man sie ja auch finden, und da fängt der Ärger schon an.

Wenn ich schon mal dabei war, kramte ich eine von vielen alten, sehr zweifelhaften Elektrokisten hervor. Es befanden sich unglaubliche Dinge darin: Ein kaputter Modellflieger – ein Geschenke von Onkel Harald, das man natürlich auch mit abgebrochenen Rotorblättern noch aufheben muss, wer weiß, ob man es nicht doch wieder hinbekommt. Fünf Taschenrechner – allesamt Werbegeschenke zu Zeiten der Euro-Umstellung, mit deren Hilfe man auf einen Fingerdruck (Clicks gab es ja zu dieser Zeit noch nicht) errechnen konnte, was aus der guten alten D-Mark geworden war. Zwei elektronische Wetterstationen, für die wir neben den vier, die wir bereits an verschiedenen Stellen des Hauses schon in Betrieb haben, wirklich keinen Platz mehr fanden, drei kaputtgeglaubte Lichterketten, von denen eine just im Moment der Entsorgung das Leuchten anfing, um sich in die andere, die gute Kiste zu retten, während es für die vielen anderen Dinge kein Entrinnen mehr gab.

Daneben waren Verlängerungskabel ohne Isolierung in dieser Kiste, Doppelsteckdosen aus der Zeit der Einführung des elektrischen Stroms mit dem Staub des vergangenen Jahrtausends in allen Öffnungen, und meine Schwiegermutter spielte mit dem Gedanken, auch ihre aufblasbare Trockenhaube dem Elektroschrott zuzuführen. Doch dafür war die Zeit noch nicht reif. Die Trockenhaube durfte noch bleiben, während für die Speicherplatte Klassik die Götterdämmerung aufzog. Es sei denn, sie findet eine neue Bestimmung im hiesigen Gebraucht-warenkaufhaus. Und wenn ich dann doch nochmal wieder eine brauche – vielleicht finde ich sie ja dort. Wer weiß...

Quelle:

@ Abnehmwahn:

https://www.welt.de/vermischtes/article157713223/Dieses-Foto-zeigt-fragwuerdige-Koerpertrends.html#cs-Woman-in-bikini-bottom-mid-section.jpg / 22.9.2017

Traudi Schlitt: Alles Gute

In ihrem ersten Buch nimmt Traudi Schlitt ihre Leserinnen und Leser mit in die Welt des Alltags und seiner Tücken. Die Kolumnistin der Oberhessischen Zeitung spricht offen über ihre problematische Beziehung zum FC Bayern und ihre Schwierigkeiten im ständigen Kampf gegen die Zeit. Auch über ihre ganz persönliche Situation als Hausfrau und On-Off-Emanze denkt sie regelmäßig und meistens zur Freude ihres Publikums nach.

50 Kolumnen hat Traudi Schlitt im Jahr 2014 unter dem Titel „Alles Gute" erstmals in ein Buch gepackt.

ISBN: 9783734736872

Preis: 7,99 Euro

Traudi Schlitt: Alles bestens

...der Wahnsinn geht weiter. Unverdrossen hat sich Traudi Schlitt dem Alltag auf die Spur begeben, die Langsamkeit entdeckt (und wieder vergessen) und die beiden weiblichen Kernkompetenzen „Schönrechnerei" und „Schönrednerei" gelüftet. In ihrem zweiten Buch spricht die Kolumnistin über ihre schwierige Kindheit als Stöpselkind, sie offenbart ihr Diätgeheimnis und erklärt sich solidarisch mit Karl Lagerfelds ehemaliger Haltung zu Bequemkleidung.

50 neue Kolumnen hat Traudi Schlitt im Jahr 2015 unter dem Titel „Alles bestens" als Nachfolger ihres Erstlings „Alles Gute" veröffentlicht.

ISBN: 9783739207037

Preis: 8,-- Euro

Neues von Traudi Schlitt gibt es alle zwei Wochen auf ihrer Website www.traudi-schlitt.de.

Wer ihre Kolumnen als Newsletter abonnieren möchte, der kann dies tun unter info@traudi-schlitt.de